DE LA MÊME AUTEURE

Aux Éditions Gallimard

MANGER BAMBI, La Noire, 2021 (Folio Policier, 2022).

Chez d'autres éditeurs

CALCAIRE, Actes Sud, coll. « Actes noirs », 2017.

BYE BYE ELVIS, Actes Sud, 2014.

NOUS LES BÊTES TRAQUÉES, Champ Vallon, 2012.

EGO TANGO, Champ Vallon, 2010 ; Actes Sud, coll. « Babel », 2015.

LA POUPONNIÈRE D'HIMMLER

CAROLINE DE MULDER

LA POUPONNIÈRE D'HIMMLER

roman

GALLIMARD

Pour Loup.

« Je n'ai pas à m'occuper de ce que je pense. Mon devoir est d'obéir. »

Robert MERLE,
La mort est mon métier

Wo alle Straßen enden
Hört unser Weg nicht auf
Wohin wir uns auch wenden
Die Zeit nimmt ihren Lauf
Das Herz, verbrannt
Im Schmerz, verbannt
So ziehen wir verloren durch das graue Niemandsland
Vielleicht kehrt von uns keiner mehr zurück ins Heimatland
Wir sind verloren
Wir sind verloren
Wir sind verloren
Wir sind verloren
Wir sind verloren
Wir sind verloren
Wir sind verloren

« Là où toutes les rues finissent
Notre chemin est sans fin
Où que nous allions
Le temps s'écoule toujours.
Le cœur brûlé,
Bannis dans la douleur,
Nous errons perdus à travers le morne no man's land
Peut-être qu'aucun de nous ne rentrera plus chez lui
Nous sommes perdus
Nous sommes perdus
Nous sommes perdus
Nous sommes perdus
Nous sommes perdus
Nous sommes perdus
Nous sommes perdus »

Chant militaire allemand

PREMIÈRE PARTIE

ABRI

Renée

Deux cents langes, sur trois rangées parallèles. Pas un souffle dans la blancheur du coton. Un parfum de savon de Marseille, de lait sucré. Des rires grelottants. Un moment ils couvrent les gazouillis d'enfants qui viennent à la fois du parc et des fenêtres grandes ouvertes. Les femmes qui rient sont quatre, elles parlent et retirent des cordes les pinces à linge, les jettent dans une boîte métallique. Elles plient les carrés de tissu, qu'elles empilent ensuite dans de vastes paniers d'osier.

Sur une volée de marches menant à la demeure blanche, elles sont trois, qui pèlent des pommes de terre. Les plongent dans une grande bassine en fer remplie d'eau. Les épluchures tombent sur du papier journal. Deux des femmes, dont la grossesse est avancée, causent, petits éclats de voix tranchants, la troisième en robe à fleurs se tait.

Elle s'appelle Renée et elle est tondue. Repousse rousse. Des yeux dragon, verts avec une auréole rouge orangé autour de la pupille. Des cils blonds presque invisibles lui font le regard nu et cramé quand elle le lève. Elle serait remarquable si elle avait des cheveux, mais elle n'en a pas, et avec son crâne pelé on dirait un chat maigre. Un petit garçon indocile. Et soudain un cri aigu : elle s'enfonce dans la bouche son index blessé. « *Was ist los* », lui demande sa voisine.

Un goût de fer et de sel, de mer lointaine, de noyade, elle lève vers le ciel des yeux flambants, couchants comme des soleils. Enlève le doigt de sa bouche, se serre le poing. Des gouttes de sang sur le papier et sur l'herbe. Elle ne parle pas allemand. *Je ne te comprends pas, je ne comprends rien à ce que tu me dis.* Elle se tait.

Les bruits liquides, quand les légumes plongent dans la bassine. Sur le papier, le sang s'écrase, un égouttis rapide. Elles arrivent au bout. Toutes les pommes de terre pelées du lendemain midi baignent au fond de l'eau glacée. Une femme, visage carré, cheveux cendrés, soulève le baquet par l'anse. Elle cherche son équilibre mais peine à trouver son centre de gravité, pose une main sur son ventre proéminent, emporte le récipient. Éclabousse sa robe. Renée referme le journal sur les épluchures, ça fait un gros balluchon, qu'elle serre contre elle.

Elle se lève, gagne le sentier qui fait le tour de l'étang, ses pas résonnent sur la terre séchée, ses chaussures s'empoussièrent. Elle voit, au-delà de l'eau, des chênes séculaires. Plus loin, des champs, des champs, du grand air, un ciel immense. Tout près d'elle, une végétation dense, des arbres hauts et touffus. Dans leur ombre, elle sent leur haleine froide, respire l'odeur de l'eau qui s'évapore, végétale et écœurante. Là-haut pas un frémissement dans les cimes en plein soleil. L'air stagne. Elle jette un regard derrière elle, les femmes sont rentrées. Prend le balluchon dans la main gauche, de la droite sort d'une poche une poignée de gâteaux au miel. En mange un, puis un deuxième, en marchant toujours.

Arrivée à un bosquet plus important que les autres, elle se dirige vers une grande caisse bardée de planches de bois, pourvue d'un couvercle, la terre moins sèche cède sous ses pieds. Alors, elle entend. Un bruit de branches cassées, d'animal échappé. Elle s'approche. Le voit, à genoux, à moitié dissimulé par le bac, en train d'ingurgiter des épluchures crues, de s'en mettre plein les doigts dans la gueule. C'est une grande carcasse d'homme, maigre sur l'os. À côté de lui, un râteau aux dents tournées vers l'azur. Ses orbites sont creuses, ses pommettes sorties. Il est tout serré dans son regard traqué, tout flottant dans sa chemise usée, et trop grand, infiniment, pour sa chair rétrécie.

Voyant Renée, il bondit presque, aussitôt se jette sur elle. Elle pousse un cri, le contact de l'homme et son propre mouvement de recul la renversent. Au sol, elle essaie de se relever. L'homme ne la regarde pas, il ramasse les fragments de biscuits tombés par terre, les fourre dans son bec. Puis il saisit son râteau. Elle veut se protéger derrière ses coudes et ses bras levés. Mais l'homme ne respire même pas. Il frôle le ciel et fout le camp, la bouche pleine.

Renée se redresse. Regarde l'épouvantail aux gestes démesurés se battre contre la lumière et disparaître. Elle le regarde encore, alors qu'il a disparu depuis de longues minutes. Des miettes de biscuit toujours autour des lèvres. Sur sa robe des fragments de feuilles squelettiques. Elle finit par ramasser les épluchures répandues au sol, elles sont fraîches et raides, elle les jette dans la caisse, parmi les herbes folles arrachées et les branches flétries. Une bonne odeur de terre pas encore faite. Autour, des insectes vrombissent dans les rais du soleil. Le journal à ses pieds, *Das Reich*, 27. *August 1944*, représente le mur de l'Atlantique, elle l'a vu de ses yeux ce mur, il passait tout près de chez elle. Chez elle. Avant son *jugement*. Elle ne sait même plus si on l'a chassée ou si elle a fui, ni vraiment où elle se trouve, quelque part en Allemagne, dans un endroit rempli de femmes allemandes. Où on l'accueille.

Une goutte de sueur coule sur sa tempe. De loin, le tintement de la cloche, la première volée. 17 h 40. Elle ramasse le journal humide, par endroits troué, le froisse, le jette dans les débris végétaux. Fait quelques pas dans la même direction que l'homme. Il a disparu pour de bon. Au-delà du bosquet, un champ de pommes de terre, quelquefois on envoie les pensionnaires en ramasser : personne.

Elle a peur qu'il revienne. Se demande s'il reviendra.

Elle se sent si seule qu'elle a mal à la peau, elle en a le dedans de la bouche qui sèche.

L'homme ne revient pas.

Ils ne reviennent jamais.

La cloche, deuxième volée.

Elle reprend en sens inverse le sentier qui mène au double bâtiment chaulé, surélevé, deux étages. À gauche l'aile ancienne, à droite la nouvelle, toutes deux flanquées de volées de marches rocheuses qui grimpent au milieu des fleurs sauvages et des herbes aromatiques. Des effluves de verveine citronnée et de thym. Les femmes sont toutes rentrées. Un nouveau-né vagit au loin. Sur les balcons, des berceaux sortis au grand air, alignés, drapés de coton blanc pour les ombrager. Et à côté de la bâtisse, le drapeau SS noir. Au moindre souffle, il flotte dans le soleil, il flottera pour mille ans au moins.

L'endroit ne ressemble pas à une caserne, encore moins à un hôpital. Plutôt à une pension de vacances très bien tenue. Un chalet surdimensionné entouré de dépendances et de champs, avec vue sur un étang.

17 h 45, dîner. Un brouhaha de voix de femmes. Tout résonne, dans la salle commune. À l'heure des repas, la vaste pièce de vie de la demeure fait office de salle à manger.

Parquet au sol, lumière. Attablée, Renée est illuminée par une fenêtre qui donne sur le parc et nimbe ses cheveux amputés. Dehors, elle voit la pelouse, les arbres, les annexes du *Heim*. Derrière l'étang, la rase campagne.

Dans ses mains, de beaux couverts en argent gravés aux armes Rothschild sous couronne de baron, et devant elle une large assiette au sigle de Frühling & Pelz, à Berlin. Elles sont assises par tablées de douze autour de nappes fleuries, des femmes, jeunes ou très jeunes pour la plupart, dans des robes de coton. Leurs mains sont blanches, soignées, les murs dans lesquels cognent leurs voix, immaculés. Un parfum de cuisine, de sel, de légumes frais.

Près de la porte est affiché le menu pour la semaine, du lundi au dimanche, midi et soir. Aujourd'hui, samedi 2 sept. 1944 : bouillon de légumes, grillades de bœuf, beurre, pain, salade de concombres.

Une infirmière fait tinter une fourchette contre un verre, et c'est aussitôt le silence, un silence un peu tendu : « À 16 h 29 est né Jürgen, 3 kilos 400 grammes, 50 centimètres, 36,5 de tour de tête. » Applaudissements, petits cris joyeux. *Lebe Jürgen, lebe Frau Geertrui!* Longue vie à Jürgen ! Longue vie à Frau Geertrui ! Une des femmes pleure.

Les servantes qui attendaient en retrait déposent alors les soupières sur les tables. Cliquetis métalliques sur faïence, bruit de verres, tout semble cristallin.

18 h 15. D'habitude, le hall d'entrée est dégagé, on n'y déplace que du silence. Mais ce soir, quelque chose s'y prépare. Il s'y trouve une table couverte d'une nappe à croix gammée colossale. Posés dessus, un portrait de Hitler et des fleurs ; on dirait un autel, une chapelle improvisée. Devant,

un tapis indien et un grand coussin blanc bordé de dentelles. Au-dessus, un drapeau à croix gammée encore : *Deutschland, erwache*, Allemagne, réveille-toi. Face à cette table, sept rangées de chaises. Depuis plusieurs jours, Renée entend régulièrement le mot *Reichsführer*.

18 h 20. La chambre 23 est spacieuse, deux lits en bois de chêne flanqués de tables de nuit ouvragées, des armoires assorties, un guéridon encadré de fauteuils et un vaste canapé de velours vert. Chaque pensionnaire dispose de son propre lavabo surmonté d'un miroir. Tout est plus joli, plus luxueux qu'à la maternité SS de Lamorlaye, où elle a passé quelques semaines avant son évacuation le 10 août. Cette date, elle s'en souvient bien.

Plaqué sur la porte côté intérieur, il y a un horaire. Renée ne parle pas l'allemand, mais elle est aidée par les chiffres et le quotidien immuable. Elle connaît maintenant la signification de chaque mot ou presque.

Ab 5.00-6.00 : Allaiter 1. (*Stillen*, et le *s* se prononce « chhh » comme un début de silence, le silence en allemand se dit *Stille*)
Ab 6.00-6.30 : Ranger la chambre (*Zimmer in Ordnung bringen*, et le *z* devient un « tsss » assez dur)
Ab 6.30-7.00 : Prendre le café (*Kaffee trinken*, comme si on trinquait au café)
Ab 7.00-8.00 : Toilette (*Baden*, le *a* est long, le mot la fait rêver à une ville balnéaire)
Ab 8.00-9.00 : Allaiter 2. (*Stillen – Schhhtillen*)

Ab 8.30-9.00 : Petit déjeuner (*Frühstück*, le tréma sur le *u* l'empêche de devenir « ou »)

Ab 9.00-10.45 : Travaux domestiques (*Windeln legen oder andere Hausarbeiten*, elle ne sait pas ce que *Windeln* veut dire, mais elle comprend *Haus* et *arbeiten*, maison et travailler)

Ab 11.00-11.30 : Déjeuner (*Mittagessen, essen* veut dire manger)

Ab 12.00-13.00 : Allaiter 3. (*Schhhtillen*)

Ab 13.00-14.45 : Repos (*Ruhe*, « Rou » aspirer « eu »)

Ab 14.45-15.15 : Prendre le café (*Kaffee trinken*, trinquer)

Ab 15.15-16.15 : Allaiter 4. (*Schhhtillen*)

Ab 16.15-17.45 : Travaux domestiques (*Windeln legen oder andere Hausarbeiten, Windeln,* peut-être les langes, qu'il faut sans cesse étendre au soleil et plier en continu. Par tous les temps, des servantes s'affairent à la pompe avec de grands baquets métalliques remplis de linge souillé et des sacs de savon de Marseille en copeaux, elles frottent, tordent, essorent, puis regardent à la lumière les carrés de coton blanc en se pinçant les yeux, éblouies)

Ab 17.45-18.15 : Dîner (*Abendbrot, Brot* veut dire pain et *Abend* c'est le soir)

Après le dîner, promenade, chant ou lecture jusqu'à 19 h 30 ; *Nach dem Abendbrot : Spaziergänge, Singen oder Lesen bis 19.30.* Parfois aussi, il y a des ateliers, des conférences, des discours à la radio, que toutes les femmes doivent venir écouter et dont elle ne comprend pas grand-chose.

Ab 19.30-20.30 : Allaiter 5. (*Schhhtillen*)

Sous l'horaire, des consignes. Les pensionnaires sont responsables de leur chambre, les *Schwestern*[1] et les employées des autres espaces. En soirée, toutes se retrouvent, selon l'activité, à l'extérieur ou dans la salle commune, après avoir fermé les volets. À 21 heures précises, les lumières doivent être éteintes, et de préférence avant le dîner déjà. Dans les chambres des mères, il faut éviter de laisser le plafonnier allumé ; seules peuvent l'être les lampes de chevet obscurcies. « Obscurcies », *dunkelte,* est souligné. Comme si les bombardements pouvaient arriver jusqu'ici. Tout est si calme. On n'entend rien, des voix féminines, des cris de nouveau-nés, des pépiements d'oiseau. Parfois un insecte vrombit. On se croirait au bout du monde, dans cette maison de femmes, et du dehors rien ne semble pouvoir atteindre cette campagne perdue. À Steinhöring, la guerre est loin encore. Elle avait suivi Renée qui fuyait son village normand, l'avait rattrapée tout près de Paris, à Lamorlaye, au bout de vingt-trois jours à peine. Et c'est alors qu'elle était partie pour l'Allemagne dans un bus militaire, avec une dizaine de bébés, quelques autres femmes et des infirmières, pour arriver ici, dans une autre de ces maternités où on mange si bien. Mais la guerre pourtant avance d'ouest en est, vers elle, et qui l'arrêtera ?

Renée sent toujours sur la langue le goût du sel et du bouillon. Elle ouvre la fenêtre, laisse entrer la musique folklorique qui monte du parc. Heureuse que sa chambre donne du côté de l'étang. Juste devant la fenêtre, des pots alignés, des géraniums en fleur, dans un terreau soigneusement hydraté. Un

1. Infirmières, sœurs.

parfum de terre gorgée. Elle regarde le parc. Près des cordes à linge, une douzaine de femmes font une ronde. Elle essaie de distinguer, de l'autre côté de l'étang, quelque chose du bosquet, du compost, mais ne voit que des arbres, la lumière dans les feuillages, la lumière sur son visage, trop de lumière qui lui sèche les yeux, elle se les frotte du revers des poignets. À l'horizon rien ne bouge, aucune trace nulle part de son agresseur. Mangeur d'épluchures et voleur de gâteaux. Son regard, elle ne s'en remet pas. Qui était-il ; à part le docteur, il n'y a pas d'hommes dans la Maison. Un villageois affamé peut-être. Ou un des prisonniers qui travaillent dans le domaine. Ce sont eux qui construisent ces gigantesques baraques de bois sur le terrain. Ils entretiennent le parc aussi, mais on ne les voit pas, même de loin, on ne les croise jamais.

Dans son dos la porte s'ouvre. Sa voisine de chambre, une Frau Gerda à tresse serrée, regard venimeux, lui parle, Renée ne comprend que le mot *verboten*. Elle referme la fenêtre, s'assied sur son lit. Elle rêve. Ne rêve pas. Ce n'est même pas du rêve, c'est de la distraction, rien de ce qui se trouve ici ne l'intéresse vraiment. Plus souvent encore, c'est de l'obsession. Elle pense à Artur Feuerbach. Tout le temps. Elle y pense même sans y penser.

Ça fait dix semaines et six jours qu'elle l'attend. À y réfléchir, même quand il était avec elle, elle l'attendait déjà. Comme si quelque chose d'elle n'était pas encore là. Ou quelque chose de lui, déjà parti. Ou mort. Le vide qu'elle sent depuis toujours au fond d'elle a maintenant un nom d'homme. Artur Feuerbach est un vide que lui seul peut combler, une maladie mentale qu'il est seul à pouvoir guérir, une prison dont personne d'autre que lui ne peut la libérer.

Artur Feuerbach. Son nom une musique qui ne la lâche jamais et lui monte aux lèvres de façon incontrôlée. Lui monte aux yeux.

Elle le chante et le vomit et le pleure.

Il reviendra. Il ne reviendra pas. Il vivra, ne vivra pas. Il l'aime, l'aime-t-il vraiment.

Elle se met à écrire, encore une lettre, combien, elle compte les jours, mais plus les lettres, celles qu'elle a envoyées, celles qu'elle a jetées. Sa plume fuit, lâche une goutte d'encre qu'elle écrase du pouce sur le papier comme une larme noire, c'est à refaire, elle chiffonne le feuillet, en prend un nouveau.

Heim Hochland, Steinhöring, 2 septembre 1944

Lieber Artur,

Ce soir, nous avons un crépuscule magnifique, si tu voyais! Peut-être le vois-tu, toi aussi. Fait-il beau là où tu es, as-tu des nuages, de la pluie, ou comme moi du soleil. Je me dis que tu es quelque part à l'autre bout de ce ciel, tu le regardes peut-être, et c'est ce qui le rend beau et me fait mal.

Sinon, une belle journée encore, ici tout est paisible, on ne croirait pas qu'il y a la guerre! Mais moi la guerre j'y pense tout le temps parce que tu y es, et que je pense sans cesse à toi, je pense tellement à toi que j'ai peur des balles quand je sors dans le parc.

Ce soir au dîner, il y avait de la viande, une salade de concombres, le meilleur bouillon de légumes du monde ! On nous soigne. Et au goûter, des Kaiserschmarrn (j'ai les plus grandes difficultés à prononcer ce mot !), en as-tu déjà goûté ? Tu connais certainement cette sucrerie, c'est pour ça qu'elle m'a tant plu.

Les journées sont si longues, aujourd'hui, hier, demain, tout ça se fond dans cet affreux manque de toi, mais je m'applique et je m'occupe du mieux que je peux : les petites tâches ménagères, hier soir une conférence par une Schwester sur l'éducation des enfants en bas âge (je pense – je n'ai pas tout compris), et nous aurons de nouveau la Mutterschule mercredi, nous écouterons un discours à la radio dans la grande salle. Voici les nouveaux mots que j'ai appris aujourd'hui : Pellkartoffeln, Gurkensalat, Buttermilch et Namensgebung.

La grande nouvelle ici, c'est que demain, il y aura une fête spéciale pour les nouveau-nés, et il y aura Himmler ! Namensgebung[1]*, c'est le nom de la fête. Je t'écrirai pour te raconter ça.*

1. *Namensgebung* ou cérémonie du Nom : lors de cette cérémonie séculière (qui dans les faits remplaçait le baptême chrétien), le nouveau-né auquel on donnait un nom et un parrain était intégré dans la communauté SS. Les enfants des familles SS ou de mères célibataires membres du parti national-socialiste participaient dans tous les cas à cette cérémonie, dont le caractère n'était toutefois pas imposé.

Il est 18 h 30, j'entends de la musique dehors, des danses folkloriques, je ne résiste pas, je vais sortir. Il y a au Heim quelque chose de presque joyeux, mon amour. Mais si seulement je savais où tu te trouves maintenant, il me semble que je ne pourrais pas m'empêcher de te rejoindre dans l'heure.

À toi partout,

Deine[1]

Renée

Parfois elle est traversée par la brutale pensée que cet homme, Artur Feuerbach, elle le connaît à peine, elle ne le connaît pas. Et que maintenant, tout en elle s'accroche à lui comme à une branche qui casse.

Parfois, elle est heureuse qu'il ne comprenne pas le français.

Que ses lettres, probablement, ne lui parviennent pas.

18 h 45. Sur l'herbe, cinq rondes de six femmes tournent dans le sens des aiguilles d'une montre. Le bruit des pas froissant l'herbe traverse l'accordéon. La musique provient d'un tourne-disque posé sur un petit meuble de rotin, par vagues. Comme si le vent l'emportait, ou que la mécanique s'enrayait. Grésillement métallique parasite. Les pas froissent l'herbe, la plient, trente pieds droits synchronisés, puis trente gauches. Génuflexion, et gauche, et droite. Gauche droite gauche. Des robes de coton, qui prennent la

1. Ta, tienne.

forme du mouvement. La brise a la force d'un souffle, d'une respiration, guère plus.

Renée ne danse pas. Assise au bord de la terrasse, les doigts écartés sur la pierre chaude, elle a tiré son ample robe rayée au-dessous du genou. Son pouls pulse dans son doigt blessé. Elle regarde les femmes former une chaîne et, à chaque troisième temps, s'incliner avec grâce, avant de passer l'une après l'autre sous les mains jointes levées des deux premières. Toutes de jeunes ou de futures mères, sauf une, qui porte l'uniforme des infirmières. Robe marron en grosse toile, tablier blanc, elle a enlevé sa cornette et révèle un chignon lourd. Blonde comme une enfant, grande, un nez aquilin et délicat. C'est Schwester Helga, Renée la connaît, c'est elle qui prenait des notes à son arrivée, pendant que le docteur l'examinait. Elle qui a constitué son dossier, l'a accompagnée jusqu'à sa chambre. Et qui maintenant sourit, le visage au ciel. Un sourire un peu figé, des membres déliés, elle semble boire la lumière. Renée égrène une tige de lavande, ses doigts sentiront bon toute la nuit.

Helga

Dans un cahier d'écolière, Schwester Helga note la date, écrit en dessous : *Venue au Heim de notre Reichsführer pour la Bénédiction du Nom!* Un petit frisson au bout de son stylo plume. Puis colle, plié en quatre, le programme qu'elle a elle-même copié au stencil :

LEBENSBORN
HEIM HOCHLAND

ᛋᛋ-Namensgebung am 3. September 1944

I. Prélude musical – Schubert, *Die Unvollendete*
II. Présentation
III. Haydn, *Variationen über das Deutschlandlied*
IV. Discours du Reichsführer sur le sens de la Bénédiction du Nom
V. Bénédiction du Nom
VI. Chant de la loyauté ᛋᛋ

Elle referme le cahier, le range dans le tiroir de son bureau.

Devant le miroir, elle ajuste sa cornette, y rentre une mèche blonde, ajoute quelques épingles dans son chignon. L'œil ému, humide même. Elle regarde ses dents, abîmées, qui lui font un vilain sourire dans un beau visage. Un trou noir dans la neige. Referme sa bouche. Sourit les lèvres pincées.

Depuis un an qu'elle est ici, ce sera sa huitième Bénédiction du Nom. Il y en a une toutes les quatre à six semaines. C'est la première fois que le Reichsführer se déplace pour la célébrer. Elle aime travailler au Heim Hochland. Elle en oublie presque sa mauvaise expérience dans un premier foyer du Lebensborn, le Heim Friesland, où elle était arrivée juste après avoir fini l'école. Alors qu'elle rêvait de travailler dans une salle d'opération, on l'avait affectée à ce foyer pour enfants, où il n'y avait pas encore de *Braune Schwester*, de sœur brune, et ça manquait. Quand on lui avait proposé de s'affilier à la sororité NSV[1], elle n'avait pas hésité : pour le même travail, un salaire plus élevé et une meilleure réputation. Et le Heim Friesland offrait l'avantage d'être proche de la maison. Un dimanche sur deux, elle pourrait rentrer à bicyclette chez ses parents. Alors, elle avait accepté, joyeusement. Avec les nourrissons, elle avait appris les gestes d'autant plus vite qu'elle espérait d'autres opportunités bientôt. Vingt lits dans la salle, les plus petits enfants quelques semaines, six mois les plus vieux. Des soins à la

1. La NSV (Nationalsozialistische Volkswohlfahrt) ou Secours populaire national-socialiste est un organe du parti national-socialiste.

chaîne. Quand l'un commençait, tous s'y mettaient. C'était toujours mieux que le front : une de ses amies infirmière s'y trouvait et lui avait écrit une lettre qui l'avait décidée à apprécier son affectation.

Elle préférait les nouveau-nés aux « pensionnaires », comme on les appelait. Beaucoup de filles-mères, les deux tiers au moins. Par souci d'égalité, il fallait donner à toutes le titre de Frau, suivi de leur prénom. Mais ça ne changeait rien : les femmes mariées se faisaient connaître comme telles dans les cinq premières minutes de la conversation. Sans exception. Les épouses d'officiers SS avaient tendance à révéler toutes sortes de détails sur leur vie intime ; par leur impudique sincérité, tentaient de se distinguer des affabulatrices, qui prétendaient être mariées, mais que certains détails trahissaient, l'absence de bague, parfois aussi une certaine timidité.

Mais toutes jouaient la fille honnête et, quelle que soit leur origine, elles se comportaient en petites-bourgeoises. C'est à qui serait le mieux mariée, et à défaut chacune se prétendait fiancée, même lorsque le père de l'enfant avait déjà une famille. Le grade et le prestige du « fiancé » rejaillissaient sur elle. Des employées, des secrétaires, des paysannes, mais qui se donnaient des airs de générales, de maréchales, et tout leur était dû. Il y avait aussi celles qui se taisaient. Mais souvent ce qui n'était pas dit, n'était pas avouable.

Au Heim en tout cas on les soignait aussi bien que les épouses légitimes. Et aussi bien que les croix d'honneur de l'ordre du Lapin, comme Helga appelait tout bas les détentrices de la *Mutterkreuz*, la croix des Mères, décernée à celles qui font quatre enfants – bronze –, six – argent –, ou huit – or. Sans doute la raison pour laquelle ces filles-mères se sentaient si spéciales.

Helga se consolait en se disant qu'au moins, ils n'accueillaient pas les épouses enceintes d'un enfant illégitime. L'infidélité féminine est signe de mauvais sang, disait le docteur. Cependant, le Reichsführer lui-même encourageait l'infidélité des hommes, elle en avait d'ailleurs fait l'expérience à ses dépens : c'est la raison qui, à l'époque, l'avait poussée à demander sa mutation du Heim Friesland.

Elle s'y était habituée rapidement au travail, mais pas à l'Untersturmführer Bachschneider, administrateur général. À son arrivée, en lui tendant les formulaires, il lui avait dit : « Bien faite comme vous êtes, et pas d'enfant, c'est une mauvaise chose. S'il vous manque un partenaire, je suis à votre disposition. » Il l'avait regardée remplir les documents, Helga en avait la main qui tremblait tant il la fixait. Or cet homme était partout dans le Heim ; impossible d'éviter deux jours d'affilée ses yeux, ses salutations et ses sourires qui duraient trop longtemps. Marié, deux enfants. Elle avait alors écrit à son supérieur pour demander sa mutation. N'avait pas évoqué Bachschneider, juste expliqué qu'elle ne se sentait pas d'affinités particulières avec les nourrissons, et qu'ailleurs elle se rendrait plus utile. Et elle avait attendu. La peur au ventre qu'on l'envoie sur le front, ou à Berlin. Mais on lui avait proposé une place de secrétaire médicale à

Steinhöring, ici même. C'était plus loin de la maison, mais c'était la campagne bavaroise ; elle avait accepté.

Elle n'a jamais regretté sa décision. Elle aime être le bras droit du docteur Ebner, classer ses dossiers, trier sa correspondance, rédiger les réponses. Et elle sait qu'il apprécie son travail. À sa manière de la traiter dès le premier jour, elle avait tout de suite deviné qu'il avait des filles de son âge. Il lui avait demandé quelles étaient ses ambitions dans la vie.

« J'aime mon travail, Herr Doktor.

— Et une famille, Schwester Helga, vous en voulez une ?

— Oui, je veux me marier, Herr Doktor. Je veux le mariage ou rien. » Elle ne voulait pas être comme ces filles. N'avait jamais été comme elles. Même quand elle était *Mädel* et pendant les camps, les soirées de fête, elle tenait à l'écart les garçons qui lui tournaient autour, regardait avec dégoût les éphémères petits couples.

« S'il n'y a pas d'amour, je n'en veux pas », avait-elle ajouté.

Le docteur avait souri :

« Chhhht. Vous êtes *ein braves Mädchen*, une honnête fille, Schwester Helga, et cela vous honore. Je vous respecte infiniment. Le malheur, c'est qu'il n'y aura pas de maris pour vous toutes, nous avons perdu beaucoup de jeunes hommes, beaucoup des meilleurs. Mais vous pourrez toutes devenir mères, et dans les meilleures conditions. C'est une des raisons pour lesquelles nous avons créé les *Heime*. »

Elle se sent chez elle ici. Fière de ce qu'elle fait, de l'endroit où elle est. Elle passe sur sa robe son tablier immaculé, amidonné avec un soin particulier. Un dernier tour, pour vérifier. Faire honneur au Heim. Faire honneur au Reichsführer.

Salle commune. Les tables sont disposées pour le café après la cérémonie. Elle réaligne les tasses. Hall d'entrée. Elle remet droite une rose dans un des bouquets qui ornent la table. Repositionne les plis de la nappe et le coussin où on posera les enfants. Tableau, drapeau, insignes, tout est aligné. Elle passe un doigt sur le cadre du portrait du Führer, pour s'assurer qu'il a été dépoussiéré. Salle des *Schwestern*. Salle de travail. Tout est parfait. Sur son bureau, il n'y a rien, un plumier, une lampe, tout est rangé dans les tiroirs ; elle aime l'ordre. Bien que très jeune, elle bénéficie de toute la confiance du docteur Ebner. Souvent il s'appuie sur elle plutôt que sur l'Oberschwester Margot Hölzer, l'infirmière en chef, pas aussi soigneuse qu'il le faudrait. Helga l'a même vue un jour qui ne désinfectait pas les instruments. Les pensionnaires la trouvent impatiente, brutale, et elles rient de l'ombre de moustache au-dessus de sa lèvre et de ses cheveux gras en baguettes.

Salle des nourrissons, déserte pour le moment. Quatorze lits. Le sol a été lavé à la première heure ce matin.

Salle d'allaitement. Les mères nourrissent leurs nouveau-nés et les changent. Sur une table, une pile de longues robes blanches, pour la cérémonie. Un des bébés est habillé, sa mère le présente aux autres, triomphale, et elle rit, et les femmes commentent et complimentent. Helga lui tend un chiffon : « Attention, n'oubliez pas de protéger sa robe. » Où donc est encore Schwester Margot, elle devrait être ici, surveiller les mères.

Dans un coin de la pièce, Frau Geertrui est assise avec Jürgen qui dort. Ses yeux rouges et gonflés révèlent davantage que la seule fatigue. Ses cheveux châtains ondulés pas coiffés, son visage un peu long la font paraître maigre, ses iris gris sont plus clairs que ses cernes. Elle transpire. Transpire comme on pleure et comme si quelque chose, là-haut, l'avait lâchée. Schwester Helga s'approche, lui pose une main sur le front, pas de fièvre.

Frau Geertrui lui dit : « Il ne se réveille pas. Il n'a pas tété depuis l'accouchement. »

Helga veut rassurer, « Ça arrive parfois. Il aura faim bientôt, il se rattrapera ». Veut plaisanter, « Vous verrez qu'il aura faim pendant la cérémonie ».

Au lieu de la faire sourire, cette idée semble plonger Frau Geertrui dans une angoisse plus grande. Des larmes, qui ne coulent pas encore. Elle serre le nouveau-né contre elle, avec un sanglot. L'infirmière lui souffle qu'il n'est pas rare d'être émotive après la naissance, c'est la chute des hormones, mais il faut se contrôler et ne rien montrer. Elle ne lui dit pas que si le docteur Ebner ou l'Oberschwester le voient, ils l'indiqueront dans son évaluation et ce ne sera pas bon pour elle : « Ça ira, Frau Geertrui. »

Mais la jeune femme fond en larmes, serre l'enfant sur son sein découvert, il ne se réveille pas, ne boit pas, il dort en collant ses petits doigts sur sa bouche. Elle pleure comme si quelqu'un était mort et cela fait un bruit effrayant, toutes les autres la regardent. Helga lui dit d'aller se rafraîchir dans sa chambre et, plus bas, « Il ne faut pas pleurer comme ça ici. Ni ailleurs ». Elle lui prend Jürgen, « Je vous l'apporterai dans une demi-heure, pour la cérémonie ». C'est quelque chose que les *Schwestern* ne font jamais ; habituellement, ce sont les mères qui viennent prendre leurs petits pour les nourrir et les changer, aux horaires fixés, cinq fois par jour. Frau Geertrui quitte la pièce en larmes, cassée de l'intérieur.

À peine est-elle sortie que Frau Hilde s'approche. C'est la pensionnaire qui partage la chambre de Frau Geertrui, elle est mère d'une petite fille de six jours. Lui murmure, mais de manière que tout le monde entende, que c'est insupportable :

« Depuis que Frau Geertrui a accouché, ça n'arrête pas. Elle pleure, elle pleure, ça s'est donc mal passé ?

— Au contraire, d'après Schwester Margot, Frau Geertrui a été très courageuse pendant le travail.

— Impossible de rester avec elle. Je vais déposer une nouvelle demande, pour une chambre individuelle. Ma situation personnelle devrait de toute façon le permettre. »

Tout en chuchotant, elle semble crier, si énervée qu'elle en est essoufflée et rougeaude. Helga réprime un mouvement d'impatience. Quand les pensionnaires évoquent leur situation, ça signifie soit qu'elles sont mariées, soit que le père de leur enfant est haut placé dans la hiérarchie. Celles qui cumulent les deux sont les pires. Elle vérifiera le statut de cette femme demain.

« Comme vous le savez, ça n'est pas possible. Mais je comprends la difficulté et si elle se prolonge, j'en parlerai au docteur.

— Je lui en parlerai moi-même, aujourd'hui. »

Et elle s'éloigne en se dandinant. Helga la regarde : vraiment, elle a pris trop de poids, c'est malsain. À indiquer dans le dossier.

Au creux de son bras, Jürgen dort profondément. Ils dorment toujours ainsi après la naissance, épuisés par le froid, la lumière et l'oxygène dans leurs poumons, il ne tardera pas à se réveiller. Il s'est dégagé du linge qui l'emmaillotait et fait en dormant de petits gestes saccadés, avec ses poings fermés, oisillon en train de se débattre. Ne s'est pas griffé les joues cependant, ce que les nouveau-nés ont tendance à faire les premières nuits. Sur la table à langer, Helga l'emmaillote de nouveau, un peu plus serré. Il ne se réveille pas, sourit aux anges. Après le premier principe de soin, qui est l'hygiène, avant le troisième qui est le grand air, le deuxième, c'est le calme. Les enfants ont besoin de calme, de tranquillité avant tout. Jürgen a l'air d'un bébé bien tranquille. Helga lui frôle la joue. Un geste un peu nerveux. Le Reichsführer est sans doute déjà arrivé.

Renée

Il est 10 heures, et dans le hall d'entrée *Die Unvollendete* de Schubert résonne. Tout est lisse, net, ciré. Renée regarde la rangée d'hommes en uniforme alignés le long du mur, tandis que les femmes et les infirmières sont assises, celles qui tiennent un bébé à la première rangée. Les pensionnaires se sont apprêtées, jolie robe, talons et chapeau pour la plupart. Pas de maquillage. Sa voisine a les larmes aux yeux. Renée aussi est émue, à cause des jeunes hommes : tous lui rappellent Artur Feuerbach.

Devant, près de la table à svastika, elle reconnaît le haut gradé qui murmure à l'oreille du docteur Ebner en uniforme. De lui, il y a dans le Heim plusieurs portraits : c'est Himmler. Elle le connaissait déjà d'avant. Il est petit avec un menton fuyant et des yeux myopes, il a l'air doux, il ne l'est pas. Quel rapport entre cet homme et la pouponnière où elle se trouve.

Lorsque la musique s'arrête, le docteur prend la parole, un discours que Renée n'essaie même pas de comprendre. Il lui semble sentir l'eau de Cologne du soldat le plus proche d'elle. Elle lisse sur ses genoux une robe de coton fleuri qu'on lui a donnée le jour de son arrivée.

Variationen über das Deutschlandlied de Haydn. Au milieu des violons un bébé vagit, sa mère le berce. Une infirmière s'approche, tétine de caoutchouc à la main. Fin du morceau, petit couinement à la première rangée. C'est alors Himmler qui se met à parler, il lit un texte qu'il tient devant lui. Renée a un moment de vertige, se demande ce qu'elle fait là, ce qu'elle a fait pour se retrouver dans la même pièce que lui. Puis elle repense à l'humiliation, avant d'arriver à Lamorlaye, au *jugement* et à la tonte. Aux crachats, à la sensation quand ils glissaient sur sa peau, coulaient en traînées humides. Elle se gratte les bras comme pour calmer une démangeaison. Fixe avec intérêt le petit homme derrière l'autel à croix gammée. Tente de se concentrer sur ses mots, comprend *Deutschland,* comprend *Kinder*, il sourit, regard tendre. Elle cesse bientôt d'écouter, son œil devient moins attentif, sa pensée dérive. Ce qu'elle voit ne l'intéresse plus que pour ce qu'elle pourra en raconter à Artur. Elle est heureuse de pouvoir lui écrire que Himmler est venu. Sans doute admire-t-il cet homme ; et l'intérêt qu'il lui porte rejaillira sur elle.

Ils n'ont pas eu beaucoup de temps, alors elle ressasse toujours les mêmes moments, rares, évanouis, à peine le temps de cligner des paupières, à peine quelques fois, qui sont toute leur histoire et l'ont menée ici.

Quand elle le rencontre, elle vient de fêter son seizième anniversaire. C'est le début du mois de juin. Elle se rappelle : la fin du printemps, la chambre étroite en soupente, directement sous les toits, l'infini sur lequel s'ouvre la lucarne. L'odeur marécageuse de l'Odon. Le cri des mouettes. La chaleur qui reste dans les tuiles même la nuit, le soleil qui tape dessus toute la journée et rayonne au travers. L'Hôtel de la Cloche.

Un matin, convocation de tout le personnel dans le hall central. Il y a des employés de la mairie, et même le maire, il annonce que les Allemands se rabattent sur Caen et que tous les hôtels des environs sont réquisitionnés. Et le personnel a le choix, continuer à travailler ici ou aller travailler en Allemagne. Renée ne veut pas partir. Alors, elle reste et ils arrivent, les Allemands, toute une délégation, il est bientôt midi, dans le hall ils attendent qu'on les accueille. Elle est au troisième, elle descend sur la rampe, se laisse glisser jusqu'en bas, jusqu'au volumineux pommeau de cuivre. Elle se sent attrapée par la taille, se retourne, c'est Artur Feuerbach, il dit « *Olala Fräulein* » et il la pose au sol. Il est jeune, même pas vingt ans, peut-être dix-huit. Très mince, cheveux coupés ras, visage angulaire, regard lavé. Elle le trouve beau. Il dit quelque chose qu'elle ne comprend pas, mais il a une voix profonde. Et un uniforme de Waffen-SS. Il lui sourit. Elle ne lui sourit pas. Elle le repousse, rejoint le reste du personnel, aussi vite qu'elle peut.

Elle n'aime pas les Allemands.

Ce jour-là et les suivants, elle l'évite. Elle le fuit, mais garde dans sa chambre le bouquet de fleurs qu'il a déposé devant la porte. Le fuit, mais finit par lui sourire de loin. Le fuit, mais espère le croiser. Le croise. De plus en plus souvent.

Deux semaines plus tard, il lui dit qu'il va l'épouser. Il jure, sur son honneur. Sur son uniforme. Il jure qu'il l'aime, que c'est la première fois, et il pleure, peut-être aussi parce qu'il est très jeune et que sans doute il ne rentrera jamais chez lui. Elle dit d'accord, elle aussi, mais ils ne peuvent pas se marier. Pour le moment c'est impossible. Elle dit qu'ils vont attendre, la fin de la guerre. Elle l'attendra toujours, et elle aussi elle jure. Sur ses parents, sur sa vie.

Assis sur l'étroit lit de fer, ils se tiennent la main. Il essaie de l'embrasser, elle se détourne le cœur fou. Il lui montre une photo de sa famille. Sa mère, ses sœurs, son petit frère de quinze ans, en uniforme aussi. Renée les aime tout de suite, aime la mère d'Artur qui lui ressemble, adore surtout le petit frère, qui est comme son jumeau en plus jeune, Artur enfant, elle aimerait tant les rencontrer.

Plusieurs fois, il dit que peut-être, il va mourir. Mourir d'une balle dans le ventre ou dans la tête, il va mourir éclaté par un obus, mourir brûlé vif, il va marcher sur une mine, exploser dans son tank, et de lui il restera du sang et de la chair broyée. Il dit que peut-être il ne la reverra pas. Que maintenant qu'il la connaît, il ne veut plus mourir. Il dit, je vais mourir, avec son accent allemand qu'elle aime par-dessus tout, comme sa voix et sa manière de parler, « Che fais mourir ». Et après une pause, il lui dit de nouveau qu'il va l'épouser et l'attire à lui.

Il y a quelques autres moments comme ça. Il y a une promenade le long de la rivière. Des fleurs sauvages tous les jours. L'odeur du lilas qui se fane, brûlé dans sa chambre trop chaude, de l'eau parfumée qui s'évapore du bocal à confitures en guise de vase. Une senteur de marais et de rivière en décrue, quand sur les berges les algues fument au soleil.

Il y a la nuit qui précède le départ d'Artur Feuerbach. Il a apporté du pain, un bloc de foie gras et une bouteille de vin rouge. Il est d'autant plus joyeux qu'il est triste. Il a ce sourire, qui lui éclaire tout le visage et les yeux. Il lui parle de Berlin, la ville dont il vient, il aimerait lui montrer des photos. Et en voir lui-même. Sans doute vaut-il mieux éviter : Berlin est tous les jours bombardée, des rues entières détruites, mais il a de la chance, ses parents sont vivants même si la maison de son enfance n'existe plus. *Heim*, dit-il : chez lui. Il voudrait y retourner un jour. Avec elle. Ils boivent du vin, se regardent, s'embrassent, deux adolescents terrifiés qui n'ont pas envie du lendemain et se tiennent fort en finissant la bouteille trop vite. Ce sentiment qu'ils n'auront pas le temps.

Elle l'aime, elle en est sûre, mais elle regrette aussitôt l'étreinte avinée qui suit. Elle a mal, et elle ne sent rien, sauf la douleur et la peur. Une peur comme un gouffre dans lequel elle tombe et tombe, et le sentiment que c'est mal. Que maintenant qu'elle est une traînée, il ne l'épousera jamais. Se mêle à ça l'idée du départ imminent d'Artur au front, la crainte de ne jamais le revoir. Elle tremble, tremble, et aucune caresse ne parvient à la calmer. Elle a envie de se lever, de partir et de marcher sans s'arrêter, brutalement paniquée à l'idée qu'il ne l'aime pas. Elle a les yeux secs. Elle a froid et rien ne la réchauffe. Elle l'écoute lui répéter qu'il l'aime, en français, en allemand, encore et encore, et elle chérit sa voix plus que jamais, mais elle ne croit plus rien de ce qu'il dit.

Leur nuit, la seule et la dernière.

Elle le voit se lever, s'habiller. Ceinture, bottes. S'arrêter pour la regarder à son tour. Tout en elle est serré, paralysé, le temps s'étire, la lumière blanche de la lucarne lui remplit les yeux.

Elle le voit ouvrir la porte. Lui jeter un dernier regard.

Voit la porte qui se referme, entend le petit bruit sec du pêne dans la gâche.

Son pas s'éloigner.

S'éteindre.

Le silence.

Lumière blanche partout.

Le jour même, elle lui écrit une lettre folle, en français, pleine de mots doux et de promesses, presque dérangée tant la douleur y affleure. Réécrite une douzaine de fois, toujours il y avait une maladresse, une erreur, un mot mal formé, une rature ou la signature qui semblait disgracieuse, il fallait que la lettre soit parfaite. À la fin, elle est inquiétante, mais elle ne s'en rend pas compte, tant l'angoisse la serre.

La veille du départ d'Artur, Renée lui avait remis dans une enveloppe une photo d'elle, plusieurs feuillets de papier à en-tête et l'adresse de l'hôtel rédigée à la main. Les jours suivants, elle demande au concierge s'il y a du courrier pour elle. Il n'y en a pas ce jour-là, ni le lendemain, ni jamais. Elle se dit que les lettres se perdent. Ça la rassure presque. Bientôt, elle est anxieuse à l'idée de croiser le concierge. Au bout de deux jours déjà, quand elle le voit, elle ne demande plus rien et il se contente de lui adresser un petit hochement négatif. Le cinquième jour, elle accoste un officier SS pour le supplier de faire passer au front une nouvelle lettre, il prend la lettre, la retourne, la regarde, sans un mot la lui rend.

Deux semaines plus tard, elle lui écrit qu'il est père. Elle se dit que la lettre, remise à un autre soldat allemand qui lui a souri gentiment, n'arrivera jamais. Les militaires ont d'ailleurs presque tous quitté le village.

Au bout de quatre jours, le concierge lui remet une enveloppe, trois feuillets, un mélange de français et d'allemand, et au premier coup d'œil elle voit que la lettre, en plein désastre, est heureuse. Il lui écrit qu'il est fou de joie, qu'il l'aime et qu'elle est belle, en français et sans doute en allemand écrit-il la même chose, et qu'il aime aussi son fils, plus que tout. Il lui écrit aussi qu'il faut qu'elle parte, elle va avoir des ennuis, et lui donne une adresse qui semble incomplète,

« Bois-Larris » à Lamorlaye près de Chantilly. À sa lettre il joint un deuxième pli, rédigé en allemand, adressé au docteur en charge du Heim Westwald.

Elle admire son écriture, caresse la lettre, la porte à ses lèvres. Elle croit sentir son odeur sur le papier.

Depuis qu'elle a douze ans, son père lui répète que si elle tombe enceinte sans être mariée, il la chassera. Ou qu'il la fera courir autour de la maison jusqu'à ce qu'elle fasse une fausse couche. Sa mère ne l'a jamais contredit. Ce sont des gens honnêtes, durs au mal et honorables, il est cordonnier, elle tient la boutique, Renée est leur seul enfant.

Il est 10 heures du matin.

À 2 heures de l'après-midi, elle est dans un train presque vide, vers Lisieux, d'où elle pourra gagner Paris et Lamorlaye.

Le pire reste à venir.

Ne plus y penser, ne plus y penser, se concentrer sur ce qui se passe – elle regarde le plancher de chêne, pince fort sa main gauche dans sa main droite, ne rêve pas. Elle lève les yeux sur Himmler, il a arrêté de parler. Sur le coussin devant l'autel, il y a maintenant un nourrisson qui agite les mains. À côté, sa mère et un SS, auquel Himmler pose des questions. Ils répondent « *Ja* ».

Comment tournera-t-elle tout cela pour faire une jolie lettre. Elle se demande si leur bébé aura lui aussi droit à une telle cérémonie. Si Artur sera là en uniforme. Un genre de baptême militaire, pourtant elle sait que tous ces petits ne sont pas des enfants de soldats. D'ailleurs, c'est comme si les mères et les SS ne se connaissaient pas, ils se regardent à peine, des étrangers. Elle se demande : les pères ? Elle regarde les femmes en jolie robe, les hommes toujours debout. Se laisse émouvoir par la musique mais ses pensées ne tiennent pas, retournent toujours au même, infiniment, les souvenirs, l'angoisse, l'incertitude, Artur Feuerbach.

Marek

Le fond du parc, loin de la maison des femmes. Coulé dans son mouvement, il bêche, rythmique, casse des mottes de terre, retourne les plates-bandes qui bordent les grillages ornés de runes nazies. Il a les yeux dans le sol, il grimace. Une heure plus tôt, il a vu s'avancer dans le domaine un convoi de berlines noires. Nombreuses. Et il a peur. Depuis hier soir si peur qu'il sent moins la faim. Il se maudit d'avoir approché cette fille, de lui avoir arraché des mains la nourriture. Devenu un vulgaire animal incapable de réfléchir, risquant sa vie pour remplir son ventre. Elle habite la maison, un genre de maternité, comme toutes ces femmes qu'il aperçoit de loin. Celle-ci, la seule qu'il ait vue de près, est une gamine à peine, et il l'a épouvantée.

Depuis l'incident, il se demande s'il faut tenter de fuir ou rester. Il a calculé ses chances, avec ses habits civils en guenilles, son allemand approximatif, la possibilité de passer à travers champs sans se faire voir. Combien de temps avant qu'on se rende compte de son absence, trente minutes, trois quarts d'heure au mieux ?

S'il fuit et qu'on le retrouve, exécution sommaire. Ou retour à Dachau.

S'il reste et qu'elle le dénonce, retour à Dachau.

Lui qui ne pleure plus depuis des années, hier il a versé une larme, il ne veut pas retourner à Dachau, jamais. S'il y remet le pied, il y mourra, il en est sûr. À Dachau, la faim n'était rien, il y avait aussi la soif, une soif terrible. Une fois, il avait même échangé son pain contre une ration d'eau supplémentaire. Cette soif qui lui asséchait l'intérieur, rendait râpeux son palais. Il en avait la langue dure et raide dans le sec de sa gueule. Les joues collées aux dents. Tout l'intérieur en papier de verre. Il se rappelle avoir repoussé la soupe, parce que épaisse et salée, elle enflammait sa bouche pleine d'aphtes, sa bouche une plaie ouverte. L'eau une idée fixe. Ici, il y a de l'eau, beaucoup. Il n'y a pas de prisonniers qui meurent, pas un seul depuis qu'il est arrivé. Il n'y a pas non plus cette odeur de mort, de chair et de cheveux brûlés, qui le faisait saliver tout en lui donnant envie de vomir. Ici ses chances sont meilleures. Des journées de travail de treize heures, 6 heures du matin à 7 heures du soir. Peu de nourriture. L'Unterscharführer Sauter (« Sa-ow-teur »), au coup de matraque facile. Mais ici il vivra. Des mois qu'il y vit, et y vivra encore.

Les grilles s'ouvrent de nouveau, un deuxième convoi, berlines, motos. Il se rend compte qu'il s'est arrêté de bêcher. Se plie vers la terre. Hache menu les mauvaises herbes et leurs racines, aère le sol racorni par les beaux jours, sa sécheresse le fait repenser à sa bouche à Dachau. Il hache et libère la sève des mauvaises herbes dans le terreau, l'humidifie, va chercher loin l'eau stockée sous la surface, dans les entrailles de la terre. Plus il bêche profond, plus elle redevient vivante. Avec son odeur, ses insectes qui remontent. Les vers. Les blattes. Il ramasse une poignée de terre, la met dans sa bouche, la mâche, il doit s'y trouver quelque chose qui nourrisse puisque les insectes en vivent. Elle n'a pas beaucoup de goût, une texture craquante, la terre est sable, et eau, et vie. Il recrache. Il recrache avec de la salive épaisse comme de la morve. Crache et bêche.

À Dachau, il buvait quelquefois l'eau d'un marais, quand il passait à proximité pour aller travailler. Il tenait sa gamelle prête longtemps avant de parvenir à la hauteur du point d'eau. Dès que possible, se précipitait vers la flaque presque noire. Derrière, le Kapo arrivait avec ses chiens. Mais Marek regagnait suffisamment vite le troupeau de prisonniers qui le happait, et il y disparaissait. Les autres lui disaient qu'il était fou, que les chiens finiraient par l'avoir, que c'était de l'eau stagnante, de la mauvaise eau qui donnait la dysenterie. Pour Marek, ce n'était pas un marais, pas de l'eau stagnante, pas de la boue, c'était la vie.

Il a encore dans la bouche le goût, la consistance de la vase.

Il crache, la salive noire est aussitôt absorbée par la terre, il bêche.

Malgré son angoisse, il sait que ces convois ne le menacent pas. Le soleil est déjà haut. Et le temps joue pour lui. Si la fille l'avait dénoncé hier en rentrant dans la Maison, on serait venu le chercher tout de suite. Si elle ne l'a pas dénoncé hier, peut-être ne le dénoncera-t-elle pas aujourd'hui. Peut-être jamais. Une fille si jeune pourtant, presque une enfant, les enfants ne réfléchissent pas ; à la moindre frayeur, ils parlent, ils ont le cœur sur la langue. Pourquoi cette petite Allemande se tairait-elle ? Qu'attend-elle donc ? Il préférerait qu'elle parle tout de suite, qu'on en finisse. Il préférerait fuir, loin. Il aurait sa chance. Il regarde la campagne. Toutes ces berlines. Ça ferait peut-être diversion. Et il ne voit pas Sauter. Il aimerait le voir, pour se débarrasser de la tentation de fuir.

Helga

Lorsqu'il entre dans le hall, flanqué du docteur Ebner, elle retient son souffle. Les deux hommes, en grand uniforme, échangent quelques mots perdus dans la musique de Schubert, qui diminue, s'arrête. Le Reichsführer s'adresse aux chères, chères mères du Heim, et chères sœurs, *Schwestern*, « Quelle joie d'être ici, parmi vous, de pouvoir célébrer ensemble ces enfants, notre avenir ». Une voix douce, posée. Lui-même est le fier *Patenonkel*, le fier parrain, de quarante-sept enfants nés dans les *Heime* ; et il continuera à prendre sous son aile tous les bébés qui naîtront le jour de sa fête, le 8 octobre. Il explique pourquoi la Bénédiction du Nom est importante, et même cruciale : elle intégrera ces tout-petits dans la grande communauté SS.

« Grâce à vous, chères mères, qui êtes *vom besten Blut*, du meilleur sang, et avez su choisir un partenaire de valeur supérieure du point de vue racial, il suffira de quelques générations pour faire disparaître de notre Allemagne toute trace de sang impur. Un siècle tout au plus. Nos *Heime* sont conçus pour qu'y naissent les plus magnifiques éléments de notre race : vos enfants. Notre religion, c'est notre sang.

« Aussi, je vous remercie, chères mères. La maternité est la plus noble mission des femmes allemandes. Les dangers auxquels vous vous exposez par la naissance, en servant ainsi votre peuple et votre patrie, équivalent à ceux du combattant dans le tonnerre de la bataille. En contrepartie, l'Allemagne s'engage à vous protéger, ainsi que vos enfants, et à vous préserver d'un travail physique susceptible de nuire à votre fécondité. Chacune d'entre vous doit pouvoir mettre au monde autant d'enfants qu'elle le désire. Notre Allemagne a besoin d'enfants. »

Sa voix se fissure : « Chères mères, vos enfants me consolent de nos jeunes hommes qui meurent au champ d'honneur, loin de chez eux, pour le Reich. Nos fils du meilleur sang se sacrifient. » Le visage de Helga se froisse douloureusement. Le Reichsführer monte le ton, avec emphase : « Vos enfants sont de la race des chevaliers nouveaux, qui devront porter à bout de bras et au pas de charge la plus grande de toutes les révolutions. Et ils sont aussi. » Un silence. « Notre future victoire. » Le Reichsführer est ému sans larmes. Helga se tamponne les yeux. À ce moment-là, un petit se met à vagir, et le Reichsführer sourit avec retenue, « Un futur Seigneur de guerre, celui-là ». Toutes rient.

Il demande alors à Frau Gudrun et son enfant d'avancer. Helga a la gorge serrée, comme si c'était à elle qu'on demandait d'approcher. Elle époussette son tablier de coton immaculé sans un pli, joint les mains. Des mains sèches, trop souvent lavées, désinfectées. Frau Gudrun, intimidée, dépose le tout-petit sur le coussin devant l'autel, dispose la robe blanche, et se tourne vers le Reichsführer. Après un moment de silence :

« Es-tu prête, en tant que mère allemande, à élever ton enfant dans l'esprit national-socialiste ? »

Elle répond avec une poignée de main, « *Ja* ».

Il se tourne ensuite vers le parrain, un très jeune soldat grandi trop vite :

« Camarade SS, en tant que parrain de l'enfant, es-tu prêt à assister personnellement de ton aide cette mère et son enfant s'ils sont en danger ou dans le besoin ? »

Il répond en lui serrant la main, « *Ja* ».

« Es-tu prêt à veiller à l'éducation de cet enfant dans l'esprit de notre communauté SS ? »

Nouvelle poignée de main, « *Ja* ».

Helga se surprend à murmurer « *Ja* » en même temps que Frau Gudrun et le militaire. Avec chacune des femmes et chacun des soldats, elle murmure « *Ja* », comme si elle priait.

La dernière à passer est Frau Geertrui. Seule Helga remarque son léger tremblement, entend le minuscule chevrotement de ses « *Ja* ». Se dit que la main qu'elle tend au Reichsführer doit être moite. Doit fondre. Le dégoûter peut-être. Il lâche la main, Helga en est presque soulagée.

Il se tourne vers le petit garçon. Tend la dague au-dessus de lui et le touche : « Je te prends maintenant sous la protection de notre communauté et te donne le nom de Jürgen. Porte ce nom avec honneur. » L'assistance se lève. Une femme a les mains sur les yeux et pleure. Quelques bébés font des bruits de bouche, l'un d'eux s'impatiente, un autre se met à vagir. Jürgen est très sage.

Le docteur Ebner remercie encore le Reichsführer et félicite les mères. Fait un signe de tête aux parrains. Ils entonnent alors le *SS-Treuelied*, le chant de la fidélité SS, avec un salut nazi. Les femmes les imitent aussitôt, certaines accompagnent le chant, Helga en connaît le début et la fin.

Étoiles, vous êtes nos témoins,
Qui tranquilles regardez en bas :
Quand tous les frères se taisent,
Et se fient à de faux dieux,
Nous n'avons qu'une parole,
Nous tournons le dos à notre enfance,
Nous parlerons et prêcherons,
Pour le Reich éternel et sacré.

Un long moment de silence. Les bras tendus se baissent. Sur un signe du docteur, tous se dirigent vers la salle commune, sauf les mères qui à la suite de Schwester Margot ramènent leur enfant à l'étage. Brouhaha. Voix. L'odeur du café, le vrai, pas l'infâme *Ersatz*. Les femmes debout par petites grappes, gaies, rieuses, dans une lumière de fin d'été. Helga se tient non loin du docteur, elle sait qu'il aime l'avoir à proximité lors des cérémonies, qu'il s'agisse d'une Bénédiction du Nom ou d'un mariage. Il parle avec le

Reichsführer, dont elle distingue les mots lorsqu'il s'anime et hausse la voix :

« N'y a-t-il pas moyen d'accélérer le programme, *mein Freund*, mon ami ? » Un peu plus bas : « Nous perdons beaucoup d'hommes.

— *Mein Reichsführer*, nous aurons, d'ici trente ans, six régiments de plus grâce aux Lebensborn. Mais nous ne pouvons pas accélérer le temps.

— Quelle injustice qu'un soldat meure en un instant et mette seize ans à grandir. » Il secoue la tête avec peine. « En courage, notre 12. SS-Panzer-Division dépasse les divisions d'adultes, mais la témérité de nos plus jeunes les expose davantage encore que les hommes faits. Il en meurt hélas tellement. »

Le goût du beurre épais et raide sur la brioche fraîche, à peine sucrée. Helga s'arrête de mâcher, pauvres enfants en Normandie.

Les deux voix d'hommes, de nouveau plus basses, et Helga se rend compte que le Reichsführer lui fait signe d'approcher.

« Schwester Helga, *mein Reichsführer*, dit le docteur. Ma secrétaire, mon indispensable bras droit.

— *Angenehm,* Schwester Helga, enchanté. » Il la fixe. « Quelle beauté. *Rein nordisch doch*, type nordique pur, n'est-ce pas. Une beauté naturelle. » Il se tourne vers le docteur, « À ce propos, *mein Freud*, j'ai cru voir du fard à lèvres et de la poudre chez certaines mères.

— C'est un jour spécial, Reichsführer. Vous savez que…

— La femme allemande n'a pas besoin d'artifices.

— Comme vous l'aviez ordonné, j'ai envoyé une circulaire à tous les *Heime* en ce sens. Interdiction stricte pour le personnel. Cependant certaines mères…

— C'est malencontreux. Tu connais les rumeurs insensées qui circulent sur nos établissements, pourtant irréprochables. Il ne faut laisser aucune prise aux mauvaises langues. Toute indécence est dès lors à bannir. Pas de maquillage dans nos foyers, jamais.

— J'y veillerai, Reichsführer. » Le docteur essuie ses petites lunettes avec un mouchoir, l'air défait. « Vous souhaitiez faire le tour du Heim…

— *Ja! Sicher*[1] ! Commençons par les cuisines. »

Les deux hommes s'éloignent, Helga reste sur place. Dans sa main droite, elle tient toujours sa brioche, à laquelle elle n'a plus touché. Le Reichsführer se retourne :

« *Kommen Sie doch mit*, Schwester Helga, venez donc avec nous. Et dites-moi, de quelle région d'Allemagne nous vient une si belle personne ? »

Helga, qui ne sait comment se débarrasser de la brioche, la glisse discrètement dans la poche de son tablier.

« De Grasberg, Herr Reichsführer. Près de Brême.

— *Wirklich*, vraiment ? Et êtes-vous mariée ? Non, vous ne l'êtes pas. Quel dommage. J'espère que vous ferez bientôt le bonheur d'un de nos SS. » Il soupire. Se tourne vers le docteur : « Je vais encore augmenter la taxe Lebensborn des SS célibataires. Je les saignerai à blanc, ceux-là, je te promets qu'ils se lasseront de la vie de garçon. »

1. Absolument.

Dans la cuisine, cinq femmes s'activent. Des prisonnières en civil, toutes des Témoins de Jéhovah allemandes. Physiquement, elles ressemblent aux pensionnaires, même âge, même allure. Quand elles aperçoivent les uniformes, puis distinguent le Reichsführer, elles se figent l'une après l'autre. Baissent la tête. Regardent leurs mains, leur casserole, leur planche à découper.

Il s'approche de la plus vieille, lui demande si elle est responsable de la cuisine.

« *Jawohl*, Herr Reichsführer. » Elle parle sans lever les yeux, la voix grelottante.

« Et que sers-tu à nos mères du Heim pour le petit déjeuner ?

— Herr Reichsführer, parfois du pain, parfois des céréales.

— *Nein nein nein.* » Il hausse la voix, mécontent, « Il faut servir du porridge tous les jours ! ». Il se tourne vers le docteur : « N'avions-nous pas déjà évoqué ce sujet ?

— C'est que certaines de nos mères craignent de prendre du poids, Reichsführer.

— Mais c'est un aliment qui nous vient des Anglais, *mein Freund*, et vois donc leur silhouette. Regarde lord Halifax ! Sa taille élancée ! Preuve que le porridge n'influe en rien sur le poids des personnes de qualité ! Les mères de nos foyers s'accoutumeront à manger de la bouillie d'avoine et elles devront inculquer cette habitude à leurs enfants. »

Une casserole déborde. La femme se précipite sur le couvercle, pousse une espèce de soupir, elle s'est brûlé la main. L'eau bouillante s'est répandue sur les plaques. Son visage se crispe. Elle éteint le gaz. Les yeux dans le sol.

Le Reichsführer se détourne en secouant la tête, soucieux.

JOURNAL DE SCHWESTER HELGA

Heim Hochland, 3 septembre 1944

Après la cérémonie, nous avons visité le Heim avec le Reichsführer et le docteur ! Quelle émotion. Qu'il est difficile de trouver des mots à la hauteur des événements.

Dans la manière de parler du Reichsführer, je reconnaissais sa manière d'écrire, moi qui trie le courrier du docteur. Ils s'écrivent souvent : le docteur est son ancien médecin personnel et ils fréquentaient déjà la même fraternité étudiante à Munich, toute proche.

Je voudrais dire tant de choses sur cette journée. Je ne sais par où commencer. J'ai encore le cœur qui bat fort. Il me faut un peu de temps pour que tout cela décante.

Je n'ai qu'un seul regret : ne pas lui avoir dit que c'est moi qui ai rédigé le rapport détaillé, il y a huit mois, sur le petit Karel, qui l'avait tant ému. Ce malheureux enfant est mort d'une pneumonie à douze jours. Je suis l'une de celles qui l'ont assisté pendant ses dernières heures, pauvre chéri, mort d'asphyxie malgré tous nos efforts, un si beau petit bonhomme. La dernière nuit, il restait cyanosé quoi qu'on fasse, et sa respiration sifflait, grondait, et l'oxygène qui lui venait n'était pas suffisant. C'était comme le regarder se noyer, sans pouvoir lui tendre la main. Une nuit affreuse, terrible, à le tenir à plat ventre sur mes genoux, en lui massant le dos et en priant pour qu'il respire, Schätzchen[1]*, respire respire respire, et mon souffle suspendu au sien. Le lendemain, j'ai dû dactylographier le récit complet, heure par heure, minute par minute, j'en pleurais. Le docteur m'a dit qu'en lisant mon rapport, le Reichsführer avait pleuré à son tour. Et que la mort d'un nourrisson de nos foyers lui arrache toujours des larmes. C'est à cela qu'on voit que la guerre ne lui a pas endurci le cœur. C'est dans l'adversité qu'on mesure la noblesse de l'âme. Je pense toujours à Karel quand j'entends le nom du Reichsführer, aux larmes que nous avons versées sur le même enfant mort dans mes bras. Mais lui bien sûr, il a oublié le nom de celle qui a écrit le compte-rendu. Je n'y ai même pas pensé, pendant que nous lui faisions visiter le Heim. Et puis je n'aurais pas osé lui adresser la parole.*

Il m'a demandé d'où je venais et si j'étais mariée. Je ne risque pas de me marier de sitôt, à vivre au milieu de filles-mères et de fiancées SS. Certaines femmes mariées ici ont mon âge, elles sont parfois plus jeunes que moi. Cette guerre n'en finit pas, et je vieillis.

À chaque cérémonie, je pense à ma toute première Bénédiction du Nom, au Heim Friesland. Le spectacle m'avait alors paru étrange, et même fait sourire : tous ces petits, dix ou quinze, « chevaliers du Nouvel Ordre » mais âgés de quelques jours à peine, l'un après l'autre adoubés en plein ventre d'un coup de l'énorme dague. Avec leurs petits mouvements désordonnés, ce n'est pas rassurant de les voir sous cette arme si lourde. Il y

1. Petit trésor.

avait eu ce discours sur la repopulation aussi, qui ne m'avait pas beaucoup plu. Un des parrains alignés en grand uniforme me regardait, son « filleul » le cadet de ses soucis. Il me jetait de longs regards et un demi-sourire. Il s'appelait Bernhard, il avait une jolie voix. J'étais de garde et un peu par timidité, un peu par orgueil, je me suis débarrassée de lui en disant que j'avais du travail, Heil Hitler ! et je suis retournée dans la salle des nouveau-nés.

J'étais encore si jeune dans ma tête, je pensais que j'avais la vie devant moi. Si inutilement fière. Il était beau, pourtant. Peut-être gentil. Qu'est-il devenu ? Vit-il toujours ?

Mais maintenant, chaque Bénédiction du Nom me fera surtout penser à celle où j'ai eu l'honneur de rencontrer notre Reichsführer.

Elle s'arrête d'écrire. Regarde droit devant, petit mouvement des lèvres, qu'elle finit par serrer. Et elle intercale une carte postale qu'elle a prise à l'accueil, *Chaque mère de bon sang est sainte pour nous*, une phrase du Reichsführer, justement, qu'il avait répétée pendant la bénédiction. L'image, une femme qui sourit comme une madone à son enfant. En fermant le cahier, Schwester Helga regarde l'étang qui reflète la fin du jour, puis la lumière sur la peau de ses bras et de ses mains.

Il est 19 h 15, rires, petits cris, les femmes reviennent de la promenade du soir, par groupes de deux ou trois. Derrière les autres, Frau Geertrui marche seule. Helga se redresse cahier à la main, défroisse son tablier, dépoussière l'arrière de sa robe, quelques cailloux roulent des marches pierreuses. Elle rentre dans le bâtiment. Déjà presque à l'étage, elle sent le contact d'une main. C'est Frau Geertrui, hors d'haleine. Elle dit que son enfant continue à ne pas vouloir s'alimenter, ou à peine. Ce soir encore, elle l'a gardé près d'une heure contre son sein, et rien, pas un mouvement, pourtant il ne dormait pas, ses yeux s'ouvraient. Elle se force au calme, retient ses larmes. Helga promet à Frau Geertrui de demander personnellement au docteur d'examiner son enfant le lendemain matin. En réponse, la jeune mère bégaie presque, *danke danke danke*, et veut lui saisir la main, mais Helga recule instinctivement et lui souhaite le bonsoir.

Avant de se coucher, elle ajoute dans son journal un post-scriptum : *Le petit Jürgen continue à ne pas vouloir s'alimenter. Cet enfant m'inquiète. Dans la salle d'allaitement, l'Oberschwester a dit devant Frau Geertrui que l'enfant n'est pas normal.*

Renée

Le temps passé avec Artur se compte en heures et en jours, celui de la fuite en semaines, et elle ne semble pas arrivée au bout. Ce train presque vide, en direction de Lisieux pour gagner Paris, elle n'en est jamais vraiment sortie. C'est un voyage qui n'a pas atteint sa vraie destination – Artur – et ce qu'elle a fui continue de la poursuivre. Depuis, elle garde en bouche ce goût, amer et ferreux, et loin de penser qu'il lui vient de l'enfant à naître, elle se dit c'est le goût de l'humiliation, qui s'intensifie à mesure que le repas s'éloigne, qui se mêle aux aliments et jusqu'à l'eau qu'elle consomme, qui quelquefois la réveille le matin ou au milieu de la nuit. Dans le wagon, elle était seule, le cœur tapant. Elle n'avait rien, pas de valise, juste un sac à main. Dans la doublure, elle avait cousu la photo d'Artur, les deux lettres et un peu d'argent. Ne plus y penser. Artur Feuerbach. Elle s'efforce de revenir à son habituelle obsession pour éviter de penser à la capture.

Au bout de quelques kilomètres à peine, le train s'arrête en pleine voie. Alors elle voit surgir de tous les côtés des

Fifis sortis tout droit du maquis et beaucoup de civils, des hommes pour la plupart, quelques femmes. Ils entrent dans le train et les font descendre, elle et une autre fille un peu plus vieille, vingt-cinq ans peut-être. Les emmènent dans une école. À leur arrivée, un des Fifis, cheveux plaqués, œil sombre et déterminé, essaie de la protéger : « C'est une enfant. » Quelqu'un répond : « Il n'y a plus d'enfants », et arrache et ouvre son sac à main, le renverse, le secoue. En tombent un peigne, un porte-monnaie, une boîte de poudre. Alors, il sort un canif et donne un coup dans la doublure. Il en tire la photo d'Artur Feuerbach. Il la déchire en deux, la lui jette au visage. Il prend l'enveloppe, déplie la première lettre, rédigée en allemand, la froisse, ouvre la deuxième et se fait une bouche en cœur pour lire tout haut les mots d'amour en français, en imitant l'accent allemand, « CHE FOUS AIME », crache « ICHEU LIBEU DICHEU » avec un accent français qui coupe au couteau. La déchire et la lui jette au visage. Elle ramasse, agenouillée, et il crache sur ses doigts. Elle essuie au sol le dos de sa main. Elle se redresse, son joli petit visage comme un poing fermé, et ses cheveux roux plus grands que jamais.

Ils l'enferment, avec l'autre femme, dans une salle de classe. Deux matelas au sol et un seau. Ça dure sept jours, puis ils les font sortir, pour « être jugées », dit l'un d'eux. Il n'y a pas de jugement. Devant l'hôtel de ville d'Esquay-Notre-Dame, à moitié en ruine, une foule de plusieurs centaines de personnes se bousculent, délirantes de joie. On l'escorte jusqu'au parvis, sous les huées et les applaudissements. On lui fait baisser la tête. Un homme lui tient les bras, un deuxième lui passe dans les cheveux une tondeuse. À chaque mèche qui tombe, la foule bat des mains, des hommes et des femmes lui crient des injures, les mèches sont spectaculaires, des flammes qui vont lécher le sol, rejoindre la poussière et les pierres disjointes. Quand elle relève la tête, une tomate pourrie s'écrase sur son visage, coule sur sa joue. Cris de liesse, applaudissements redoublés. Non loin, dans la foule dense, elle reconnaît le concierge de l'hôtel, qui avait toujours été gentil avec elle, et qui gueule aussi fort que les autres. Elle ne crie pas, elle ne pleure pas. Son cœur s'est arrêté de battre. Elle ressemble maintenant à un jeune garçon gracieux mais égaré, à un animal pâle et pelé, une poupée de cire sans perruque, elle ressemble à beaucoup de choses, plus jamais elle ne sera elle-même.

Avec l'autre fille, tondue aussi, on la fait monter dans une charrette. Et celle-ci, tirée par un vieux cheval, se fraie un chemin dans la foule, pour que tout le monde puisse en profiter. Un homme à côté d'elle lui caresse le crâne comme la tête d'un chiot, en souriant large et victorieux. Au bas du chariot, un autre tire sur sa robe pour l'arracher, une couture craque, elle se débat tel un chat sauvage, remonte le bas de sa robe, les sifflements fusent de partout. Hystérisées de haine, des femmes hurlent des injures et des mots salaces. La charrette ressemble à celles sur lesquelles on exhibait autrefois les condamnés à mort.

Ça dure plusieurs heures. Quand ça se termine, la foule est à peine clairsemée, mais beaucoup sont alcoolisés. On la fait descendre près de l'hôtel de ville. Quelques dernières insultes, mais le cœur n'y est plus vraiment. Même les hommes qui les entouraient dans le chariot semblent lassés et regardent déjà ailleurs, vers d'autres fêtes, abandonnent les deux femmes désormais invisibles. Seul à s'attarder, le Fifi aux yeux noirs qui avait essayé de protéger Renée. Il lui donne, ainsi qu'à l'autre, un peu d'argent et une demi-chemise déchirée pour faire office de foulard. Il a dans le regard quelque chose de triste. S'éloigne.

Dans le train le lendemain, pas un regard pour le paysage qui défile. Elle n'a d'yeux que pour ses mains, ses ongles sales. Elle est seule dans son compartiment.

Avec une épingle à cheveux trouvée dans son sac à main, elle arrache la peau de l'intérieur de ses bras, trace des traits sanglants, le geste répétitif et mécanique de qui taille un pieu, grave dans du bois dur, affûte une lame. Le sang apparaît petit à petit, par points irréguliers puis en ligne, se rassemble en gouttes et coule. S'écrase sur le sol ciré. Elle ne sent rien.

Ses parents l'ont abandonnée. La France lui a craché au visage. Et veut maintenant tuer Artur Feuerbach.

Elle deviendra donc allemande.

Lisieux, Paris, Chantilly. Depuis le village de Lamorlaye, elle marche les derniers kilomètres sur un chemin de terre entre des futaies de hêtres. Le bâtiment est proche, quand deux chiens se précipitent vers elle, gros, des bergers allemands. Ils aboient et elle se fige, terrorisée. Elle sent affluer à la surface l'intérieur de ses veines pulsatiles, se sent rougir jusqu'au sang, elle vibre presque. Deux SS arrivent au pas de charge. Avec leurs visages jeunes et rasés, ils se ressemblent sous leurs casques. Elle pense à Artur. Tend la lettre froissée destinée au docteur de Lamorlaye. Ils la guident sans un mot, elle les suit. Derrière le porche d'entrée, de petites bâtisses, une odeur d'écurie. Un bassin en forme de croix entouré d'une pelouse carrée. Le manoir de Bois-Larris, dont la vue la fait ralentir tant il lui semble gigantesque. Pierre blanche et brique rouge, colombages bleus en façade et croisillons aux fenêtres. C'est le style de certaines maisons riches de sa région. Au-dessus de la large porte, une moulure, un cerf au galop. Et à côté, blanc sur noir, le drapeau SS.

C'est une infirmière qui ouvre, prend l'enveloppe, et la laisse plantée dans le hall. Elle revient avec un homme d'une trentaine d'années, en civil mais avec les bottes SS, visage carré, nez droit et pointu. Il a en main la lettre dépliée.

« *Ich grüsse Sie, Fräulein*, bonjour mademoiselle. »

Fort accent allemand, le même qu'Artur. Il lui fait signe de le suivre et lui ouvre la porte d'un cabinet médical. La pièce est encore plus haute que large. Parquet, bibliothèques aux murs, et au centre, un bureau, tout en chêne massif. Dans un coin, un paravent et une table d'examen. Lumière. La grande lumière entre par trois vastes fenêtres, elle se déverse sur tout ce bois, le chauffe dans ses fibres moelleuses et dorées. Un bois ciré presque huileux. Dans le soleil, des particules de poussière flottent. Il lui dit de se déshabiller en lui indiquant le paravent. Elle a honte de sa robe, dont le bas est déchiré et qu'elle porte depuis près d'une semaine, honte de ses dessous virés au gris. Elle se dit qu'elle pue, ces derniers jours il lui est arrivé de sentir sa propre odeur. Sa robe se répand sur l'osier du paravent, relent de sueur, de remugle mammifère.

Renée apparaît dans ses sous-vêtements de coton douteux, dans sa peau si laiteuse qu'elle semble presque bleue. Elle est toute mince, un corps menu d'adolescente. Elle essaie de se cacher derrière ses bras.

« Enlevez tout, *bitte*. S'il vous plaît. »

Renée serre les dents. Enlève.

Nue et le sexe sous la main gauche, s'approche à tout petits pas.

Il la regarde s'avancer. Elle lève les yeux avec dureté et, dans la lumière tranchante, son regard est un incendie, une blessure. Il se lève et lui prend le menton, l'empêche de reculer. Examine l'étrangeté des iris, comme s'il pouvait s'agir d'une maladie. Elle a la bouche qui tremble. Elle tremble tout entière. Il lâche.

La fait allonger sur la table d'examen. Tâte le bas de son ventre, au-dessus du sexe, en dessous du nombril, quelques instants. Elle détourne les yeux tandis qu'il la mesure, depuis le pubis jusqu'au haut de l'utérus. « *Fünf*. Cinq semaines », il dit. Puis interrogatif, « Cinq semaines ? ». Elle acquiesce. À deux ou trois jours près, cinq. Il sourit. Frau Renée a les mains qui coulent et l'odeur particulière des rousses quand elles transpirent. Il s'intéresse ensuite à l'intérieur de ses bras, aux griffures suspectes. Fronce le regard.

Il lui dit quelque chose en allemand sur un ton engageant, dans l'intention évidente de la mettre à l'aise, elle ne comprend pas. Il abandonne. Il évalue son tremblement qui persiste, voit sa peau couler, jauge ses yeux de fauve écorché : « Vous êtes *nervöse*. Il faut pas, les *grosse Emotionen*, elles sont *ganz schlecht*, mauvaises, pour l'enfant. »

Frau Renée a le cœur à la surface de sa peau, écarlate, battante, l'afflux de sang efface les taches de rousseur qui la constellent. Et un début de larmes rend aquatique le vert de ses yeux, avec une algue orange qui brille au fond. Le docteur constate : « Qu'est-ce que j'ai dit. *Alles gut,* bon, très bon. » Tout va très bien se passer.

Il appelle l'infirmière. Lui dicte des chiffres. Il mesure Renée debout. Assise. Accroupie. Lui mesure les hanches, la taille, la poitrine. Avec un compas céphalique, le périmètre de la tête, le diamètre bipariétal, l'espace interoculaire, le front. L'espace entre le nez et les lèvres, celui qui sépare les deux extrémités des mâchoires. Le nez, en long, en large. Les lèvres. Ausculte son crâne, chaque creux, chaque arête. Passe un doigt sur l'os des orbites, l'iris est une flamme qui tremble.

Il se recule un peu. Elle ferme vite les yeux. Se sent mieux les yeux fermés.

Il les lui fait rouvrir. D'une main il tient un nuancier, avec des iris vernis de toutes les couleurs, alignés sur plusieurs rangées, du plus clair jusqu'au noir. Il mesure la couleur de ses yeux. Chiffre et lettre.

Un autre nuancier, de mèches, comme chez le coiffeur. Des mèches, des plus blondes jusqu'au noir. Il mesure sa rousseur. Chiffre et lettre.

Enfin, il mesure, avec un troisième nuancier, la blancheur de son teint, un blanc laiteux. Chiffre et lettre.

Il lui fait ouvrir la bouche, en lui prenant le menton lui regarde les dents, comme dans la gueule d'une pouliche. Chiffre.

Tout en haut du document. Stature debout, 167 centimètres. Stature assise, 82 centimètres. Poids, 47 kg.

Un encadré, vingt et une rubriques, à noter de 1 à 5, 1 étant la meilleure note. Stature, Conformation, Port, Longueur de jambes, Forme crânienne, Arrière du crâne, Forme faciale, Arête nasale, Hauteur nasale, Largeur nasale, Pommettes, Profondeur orbitale, Forme des paupières, Structure épicanthique, Lèvres, Menton, Structure capillaire, Pilosité corporelle, Couleur des cheveux, Couleur des yeux, Couleur de peau. 2. Grande. 1. Fine. 1. Très droit. 2. Longue. 1. Très longue. 1. Saillant. 1. Ovale étroit. 1. Droite. 1. Très haute. 1. Très étroite. 1. Non apparentes. 2. Profonde. 1. Fuselée. 1. Repli cutané léger. 1. Fines. 2. Prononcé. 1. Raide. 1. Faible. 2. Blond roux. À « Couleur des yeux », sa main s'immobilise, semble hésiter, bleu 1a-2b, non, coche sans conviction 2. Bleu-gris. 1. Blanc rosé.

Il dicte ensuite à l'infirmière quelque chose en allemand, que Renée ne comprend pas : « Principalement nordique, légère influence dinarique, quelques traits ostiques, discrets. »

La chambre où la Schwester l'emmène à l'étage supérieur est grande et sent le renfermé. Elle s'assied sur le lit. Peu après, une servante apporte de la soupe et du pain noir, qu'elle laisse sur le petit bureau. Renée attend que la porte soit refermée et dévore. Elle a la bouche pleine et les doigts sales quand la femme entre une nouvelle fois, elle a honte d'être surprise ainsi et s'essuie la bouche du revers de son poignet. La servante dépose par terre une bassine d'eau, avec un éclat de savon, et une robe rayée sur le dossier de la chaise.

Renée se lave, enfile la robe : trop grande, mais propre, une odeur de lessive. Puis lave la demi-chemise qui lui sert de turban, les dessous et la robe qu'elle n'a pas changés depuis plus de deux semaines. L'éclat de savon fond. L'eau devient noire, la robe reste sale. Renée la tord puis la met à sécher sur la chaise, avec la bassine dessous. De temps en temps une goutte d'eau s'écrase, minuscule bruit de cristal. La nuit est tombée.

Il y a un petit miroir au mur près de la porte. Elle ne s'en approche pas.

Au Heim Westwald de Lamorlaye, elle reste vingt-trois jours. Aucune lettre d'Artur. Le 9 août 1944, grande agitation, les Alliés avancent sur Paris, on entasse berceaux, coffres, documents, dans un camion. Le 10 août à 5 heures du matin, deux autres camions militaires sont garés devant le porche d'entrée. Avec trois infirmières, les sept enfants qui vivent dans le Heim embarquent vers l'Allemagne, et Renée, et une autre Française. Deux jours de voyage, par les petites routes.

Heim Taunus, près de Wiesbaden, une nuit.

Heim Hochland.

Une route, une église, un village. Le véhicule s'arrête devant une allée privée. Sorti d'une guérite, un soldat leur ouvre une grille décorée de runes. Le camion s'engage : une bâtisse blanche, à deux étages, neuf fenêtres par niveau, reliée par une sorte de galerie à un deuxième bâtiment. Plus joli qu'une caserne, mais trop grand pour ne pas sembler solennel. Et comme à l'entrée des autres *Heime*, ce drapeau SS. Devant la grande porte en bois se tient une infirmière. Elle sourit, un sourire gentil, lacté.

À mesure qu'elle s'est enfoncée dans l'Allemagne, elle s'est éloignée d'elle-même, perdant peu à peu toute appartenance et toute consistance. S'est éloignée d'Artur, dont elle ne connaît que le nom. Parfois elle se dit qu'il ne lui reste rien. Il ne lui reste rien ni personne, mais au moins elle n'a plus jamais faim. A-t-elle vendu son âme, son pays et son honneur pour se nourrir ?

Marek

Il ne voit pas tout de suite le pain sur la pierre. Il est déjà en train de se servir d'épluchures, plein ses doigts et ses ongles bordés de terre. Ses mains en égratignures, en plaies, sont marquées de cicatrices et de cors. Pinces, griffes, gouffres. Et il a déjà porté la première poignée à sa bouche, quand il voit. Le pain. Une grande tranche de pain beurrée. Il se précipite, dévore, en regardant partout autour, comme poursuivi, personne, personne, de peur qu'on ne l'empêche. Avale, craignant que le temps manque. Tout ça fond sur sa langue et fait aussitôt disparaître l'amertume logée dans sa gueule. Mais pas la faim. Il ramasse vite fait les épluchures qu'il avait laissées tomber. Ramasse, enfonce les débris dans ses poches, reprend ses outils et court, court, vers les haies qu'il taille ce midi.

Essoufflé, quelques miettes de pain toujours collées à son palais, reprend ses cisailles, la fourche, qu'il avait dissimulées dans la verdure. Se remet à tailler. Le goût encore de la mie et du beurre, une épaisse couche fondante, grasse, et il essuie avec la paume la graisse qui lui est restée sur les joues puis lèche ses doigts. Du pain comme celui qu'il mangeait *avant*. Celui des prisonniers est noir, fait avec de la farine de châtaigne et mêlé de choses indéfinissables, on y retrouve des particules de bois, de la sciure, des brins de paille, il est quelquefois piqué de moisissure. Trois cents grammes tous les soirs, avec une sorte de mélasse. Le goût du pain beurré se prolonge dans l'afflux de salive que provoque son souvenir. Des grains de sable crissent entre ses dents.

Pas une seule fois il ne pense à la manière dont ce pain beurré a pu arriver là. Peu lui importe.

Sa respiration n'est pas encore revenue à la normale lorsque la voix de l'Unterscharführer Sauter le fait se retourner, elle aboie dans les hauteurs, ça se termine par une sorte de jappement. Il se glace : Sauter insensé de colère gueule et fonce sur lui. Il est encadré de deux soldats. Marek baisse ses cisailles, les yeux en terre. Elle a donc parlé. Il arrête de respirer, et son cœur que la récente course fait battre fort le remplit entièrement. Le SS hurle dans sa langue barbare, que Marek n'essaie même pas de comprendre. Puis le frappe à la poitrine du bout de sa matraque, le fait reculer d'un pas, « *Wo warst du ?* », où étais-tu ?, et Marek lève les yeux. Il bégaie, bégaie qu'il devait, qu'il lui fallait, que les toilettes. Il a la paupière gauche qui cligne, folle, son mensonge doit se voir, tout son œil tremble comme une aile d'insecte. « *Zwanzig !* », vingt, ça veut dire vingt coups. Et Marek souffle, il en pleure presque de soulagement.

Des coups de matraque, la punition habituelle.
Ça veut dire qu'on ne le renverra pas à Dachau.
Et qu'elle n'a pas parlé.

Helga

C'est une chambre dont on ne se sert pas, car la robinetterie est cassée. Rideaux tirés, et cette odeur, Helga ouvre les tentures et la fenêtre. L'air du soir entre, doux et rosé, un peu sucré. Sur le lit, Frau Geertrui est allongée à moitié, avec son bébé qui lui ne pleure pas, ne pleure jamais, petite chose molle qu'elle colle sur son sein comme une poupée de chiffon. Elle n'a pas levé les yeux quand l'infirmière est entrée, ni quand elle a ouvert la fenêtre. Elle embrasse la tête de son petit, comme s'il était mort.

« Troisième principe de soin : l'air et le soleil. De ce point de vue, les bébés sont pareils à de petites plantes, Frau Geertrui. Toujours aérer en grand, les sortir dès qu'on peut, les exposer à la lumière. C'est aussi important que de les nourrir. » Helga dit ça sur un ton enjoué. Élever les enfants au grand air, c'est ce que préconise le docteur Johanna Haarer, dans son ouvrage dédié à la mère allemande. Elle se raccroche souvent à ce livre, en cas de doute, ou comme maintenant quand elle est mal à l'aise. Frau Geertrui ne l'écoute pas, le docteur Haarer, le soleil, l'air, tout ça ne lui dit rien, plus rien n'existe pour elle que son enfant trop calme, cet enfant qui n'a jamais faim. À la nouvelle qu'il lui faudrait changer de chambre pour sa dernière nuit au Heim, elle n'a pas réagi.

Helga s'assied au bord du lit : « Qu'il est beau, un bel enfant, une frimousse d'ange. »

L'autre la regarde alors enfin, de ses pauvres yeux gonflés, l'iris gris si clair au milieu de tout ce rouge qu'il fait mal à voir. Elle serre le petit un peu plus fort : « Il a bu, il a pris le sein. »

Mais Helga sait, après lecture du rapport du docteur, qu'il est trop faible pour se nourrir vraiment. Que son trouble est neurologique, certainement congénital. C'est bien pire, pour les mères, qu'une circulaire du cordon ou même qu'un mort-né, car elles sont alors suspectes de ne pas être saines. Jürgen ne peut pas rester au Heim. Dès demain, il va être *umgesiedelt*, réinstallé, à Brandenburg-Görden, dans l'asile psychiatrique pour enfants.

Elle tend à Frau Geertrui un biberon de lait en poudre, qu'elle a pris dans la cuisine, discrètement. Il n'y a de lait artificiel ici que pour les enfants dont les mères sont trop malades pour les nourrir, ou parties, ou mortes. Toutes les autres allaitent, au Heim tout le monde sait que c'est ce qu'il y a de mieux. Frau Geertrui prend le biberon avec un sanglot, comme si elle mourait de faim elle-même, et met la tétine entre les lèvres de son enfant, qui amorce un petit mouvement de succion.

« Regardez Schwester, il boit. Il boit. Il a soif. » Pleine d'espoir. Un nouveau mouvement de lèvres. Il s'endort déjà.

« Il faut le stimuler, dit Helga, massez-lui ses petits pieds pour le tenir éveillé. »

Jürgen met près de vingt minutes à boire vingt centilitres, comme s'il n'avait pas la force. À la fois trop faible et trop sage pour un nouveau-né. Arrivé au bout du premier quart du biberon, il s'endort profondément, les caresses et les prières n'y changent rien.

« Il va bien. Vous voyez, Schwester, il va bien maintenant. C'est comme vous dites, il était juste un peu fatigué après la naissance. » Une grimace douloureuse.

D'un bras, elle tient Jürgen endormi, l'autre main posée sur sa poitrine. Helga comprend. Lui demande de poser Jürgen à côté d'elle et de s'allonger.

Frau Geertrui a les seins brûlants et durs comme des pierres, c'est inévitable, quand le bébé boit mal. Elle essaie de se les vider sous la douche, mais ça ne suffit pas. Elle enchaîne les mastites et les épisodes fiévreux. L'infirmière commence à lui masser doucement le sein gauche. Frau Geertrui ne hurle pas, à peine quelques battements de paupière. Helga pense que ça plairait au docteur, qu'elle ne crie pas, si seulement Jürgen était aussi bien portant que beau. Le lait gicle, inutile. Le visage de Frau Geertrui coule, tourné vers son enfant. Le massage dure longtemps, jusqu'à ce que la chair congestionnée de la poitrine s'assouplisse un peu, puis Helga va prendre de nouveaux draps, une bassine d'eau chaude, un gant de toilette. Lave. Sur chacun des seins, pose un linge plié, au préalable trempé dans l'eau chaude et essoré. Frau Geertrui a les yeux fermés, mais ne dort pas.

Helga lui dit doucement que demain, Jürgen sera soigné dans un hôpital spécialisé. Entre les mains d'un docteur très réputé, le professeur Hans Heinze. Il faudra qu'elle soit courageuse : « Jürgen guérira vite. » Elle l'espère, et est-ce vraiment un mensonge, quand on espère de tout son cœur dire la vérité ? « Il y aura d'autres bébés, Frau Geertrui. Il faut aussi penser à eux. Et à vous. Je vous en prie. » Elle supplie presque, et c'est déplacé, elle se serre les lèvres.

Dans un murmure, Frau Geertrui demande alors sans ouvrir les yeux, « Est-ce qu'il va mourir ». Schwester Helga proteste, *absolut nicht*. L'autre demande, « Pensez-vous que je pourrais le faire baptiser ? ». Helga se tait un instant, fait non de la tête, puis le dit, « Non, ce n'est pas possible ». Elles ne sont même pas autorisées à visiter l'église du village. Depuis certaines chambres du Heim, il est possible de la voir, l'église Saint-Gallus, un joli petit bâtiment blanc, éloigné d'à peine quelques centaines de mètres. Elle-même y est allée, une fois, alors qu'elle venait d'arriver à Steinhöring, tout y était blanc et clair et doré, le baptistère en pierre naturelle inondé de lumière, elle ne savait pas encore que l'entrée leur était interdite.

« S'il est baptisé, peut-être que ça le protégera », dit Frau Geertrui. Sa voix est un souffle, très fin. Ses yeux toujours fermés, mais les paupières tremblent et coulent.

Helga cherche les mots qui sauront la calmer, « On vous rendra Jürgen bientôt. Guéri. Il faudra le laisser partir tranquillement demain. C'est important ». Si Frau Geertrui se comporte mal demain, ce sera très mauvais pour elle, tout ça se trouvera dans le rapport. Il faut absolument qu'elle accepte ce qui lui arrive. Qu'elle se fasse toute petite et qu'on l'oublie.

Voyant que Frau Geertrui ne l'écoute pas, elle a une illumination :

« C'est important pour Jürgen de sentir que sa mère n'a pas peur, qu'elle est courageuse et confiante, les bébés le sentent, ça. »

L'autre la regarde enfin, avec ses pauvres yeux rouge et gris, et Helga sait qu'elle a été entendue, elle a trouvé les mots justes. Envie de pleurer, elle aussi. Tellement soulagée de quitter la chambre. Elle se dirige vers la salle commune, où elle anime l'activité du soir, obligatoire pour toutes les pensionnaires.

JOURNAL DE SCHWESTER HELGA

Feuille intercalée

Heim Steinhöring
Mutterschulung mois de septembre 1944

Jour	Genre	Thème	Intervenant
1.	Communauté	Questions d'éducation : du nourrisson à l'enfant en bas âge	Schwester Margot
2.	Communauté	Danses folkloriques, suivies de chants populaires allemands	
3.	Communauté, employés compris	Bénédiction du Nom	
6.	*Gemeinschafts-empfang*, radio	Discours du Führer à Sarrebruck	
8.	Communauté	Les ennemis du national-socialisme, 2e partie, Le judaïsme	Dr Ebner
9.	Communauté	*Mein Kampf* : lecture à voix haute	Frau Benedikte
12.	Communauté	Promenade à travers l'histoire de l'Allemagne	Schwester Margot
18.	Communauté	Soins du nourrisson : hygiène, 1re partie. Le change Suivi de Protection raids aériens : exercice	Schwester Helga
20.	Communauté	Chants populaires allemands	
24.	*Gemeinschafts-empfang*, radio	Discours du Reichsminister Dr Goebbels à Hambourg : la Loi supérieure	
27.	Communauté	Le catholicisme politique, 3e partie. L'ordre jésuite	Dr Ebner
29.	Communauté	Fêtes de la communauté SS : a) Bénédiction du Nom, Mariage, Consécration de jeunesse b) Jours fériés, etc.	Dr Ebner

Renée

« Premier principe de soin : *Reinlichkeit!* la pureté et l'hygiène avant tout. » Au bout de la table, un petit garçon vêtu d'un simple débardeur gazouille sur le dos. À côté de lui, des langes pliés en tas, d'un blanc presque azuré. « Comme vous le savez, les peuples civilisés de race blanche utilisent des langes. » Schwester Helga, toute blonde, très jolie, un peu sévère avec ses cheveux tirés en arrière, montre de la main l'empilement. Renée est heureuse que ce soit elle qui anime la soirée, c'est la seule infirmière qui la salue et lui sourit toujours, essaie même de lui parler. La veille, désireuse de manifester sa reconnaissance, Renée est allée lui proposer son aide, pour le ménage, la cuisine ; elle sait faire, elle qui pendant plusieurs années a travaillé dans un hôtel. Schwester Helga, touchée, a secoué la tête : ici, elle peut se reposer, comme les autres futures mères, les petites corvées en matinée suffisent.

L'infirmière entreprend maintenant d'expliquer à une trentaine de femmes enceintes les différentes étapes de la technique d'enveloppement allemande, qui est aussi la plus courante. Expose ses spécificités par rapport à la manière anglo-américaine. Ainsi, elle a l'avantage de garder l'enfant au chaud, surtout s'il doit naître pendant la saison froide, Schwester Helga sourit, « ce qui est votre cas, mesdames ». Pendant la saison chaude cependant, cet avantage devient un inconvénient, car en gardant la chaleur cela peut entraîner une élévation nocive de la température du bébé.

Renée se concentre, elle ne comprend pas tout, même si les gestes lui permettent de deviner les mots. L'infirmière parle vite, tout en disposant une protection en caoutchouc, puis le grand carré de coton molletonné, et enfin, plié en triangle, le tissu éponge. « Voyez, le bord supérieur du molleton doit dépasser de cinq centimètres celui du tissu éponge intérieur, les deux bien parallèles. Les coins des triangles à équidistance, et la pointe à dix centimètres environ. » Elle s'arrête, pour marquer une pause dans son explication, mais son sourire se tord soudain, comme si elle était prise d'une douleur inattendue, et elle s'appuie sur la table, fait tomber le linge en tissu éponge. Sa lèvre inférieure tremble.

Renée se précipite pour ramasser : « *Was ist los*, Schwester Helga ? », demande-t-elle, gentiment en allemand. « Qu'est-ce qui ne va pas ? » c'est la question qu'on lui avait posée quand elle s'était blessé le doigt il y a quelques semaines, elle l'a retenue. « *Entschuldigung* », dit aux femmes Helga, d'une voix étranglée, « Tout va bien ». Et ensuite, elle dispose soigneusement le linge dans sa position initiale, triangle, cinq centimètres en haut, dix en bas, équidistance des pointes. Elle sourit avec effort.

L'allemand de Renée s'améliore. Elle commence à comprendre et à nommer les objets qui l'entourent. Après les mots d'amour, c'est par le nom des aliments qu'elle apprend la langue. La nourriture : Renée n'en revient toujours pas. Depuis trois semaines, elle mange des plats qu'elle n'a plus vus depuis des années. Et au petit déjeuner, du café, du vrai, pas de la chicorée, pas l'infâme jus noir qui du café n'a que la couleur, sans en avoir même l'opacité. Le matin, Renée au-dessus de son bol respire, la chaleur, l'arôme, elle reste comme ça de longues secondes, les yeux fermés, sent ses cils s'embuer, elle a de l'eau dans la bouche et une incompréhensible nausée, peut-être à cause de l'odeur du sucre, ou du goût ferreux qu'elle a ramené de France. Elle ajoute un nuage de lait crémeux, le regarde s'ouvrir, puis le dissipe avec sa cuillère, avant de porter le bol à ses lèvres. La cuillère, à l'instar de tous les couverts, est en argent, de la vaisselle comme dans un château, bien plus belle qu'à l'Hôtel de la Cloche.

Les nouveaux mots, elle les apprend surtout grâce aux menus, affichés pour la semaine à la porte de la salle commune. Elle les lit d'abord comme une poésie brutale dont elle comprend quelques bribes à peine, *Suppe, Tee, Brot, Kakao* ou *Kompott*, et les *s* deviennent des « z » et les *u* deviennent des « ou » et à la fin des mots, les *e* cessent d'être muets. Puis chaque jour, elle compare les mots et les mets, quelle viande, quels légumes, quelles sucreries. Le lundi midi, *Montag Mittag*, *Gurkensalat*, concombre en salade, *Königsberger Klopse*, boulettes de viande en sauce, de

Königsberg, *Pellkartoffeln*, pommes de terre en chemise ; et tous les jours de nouvelles choses, une incroyable diversité, du poisson, de la viande. À l'hôtel, seuls les plus riches pouvaient s'offrir de la viande, et pas quotidiennement. Elle-même en mangeait quelquefois les dimanches, des restes, du nerf et des os.

Elle essaie aussi de lire. Pour apprendre plus de mots, elle s'est plongée dans un livre sur l'éducation des enfants, *Die Deutsche Mutter und ihr erstes Kind*, *La Mère allemande et son premier enfant*, écrit par Frau Dr. Johanna Haarer, plusieurs exemplaires sont à la disposition des pensionnaires. Tous les jours, elle consulte l'ouvrage, dont la couverture représente une souriante femme blonde avec un bel enfant de deux ans environ sur le bras. La typographie gothique des lettres lui semble élégante. Elle compare illustrations et légendes, découvre des modèles de culottes pour nourrisson en crochet anglais, des petits manteaux de laine et des capuches à tricoter soi-même. Comment s'habiller enceinte, l'accouchement, l'allaitement, horaires et quantités, les soins du nourrisson, étapes, horaires, matériel, rien n'est laissé au hasard, mais de tout ça Renée ne tire que quelques mots, qu'elle note soigneusement dans un carnet, avec la traduction à côté. Si elle veut connaître l'allemand, c'est d'abord pour surprendre Artur. Elle continue à lui envoyer une lettre tous les deux ou trois jours. Ce sont des lettres qu'elle rédige en plusieurs fois, elle indique la date et l'heure, presque un journal intime. Elle les écrit en français, mais ajoute aussi – quelquefois en écriture phonétique – les nouveaux mots allemands qu'elle a appris. Elle ne sait pas s'il reçoit ses envois.

Elle sait en tout cas qu'elle n'a jamais reçu de réponse. Mais dès qu'elle a un moment, elle reprend la plume, elle se sent moins seule. Elle lui écrit comme d'autres prient.

En Allemagne, seuls les hommes connaîtraient-ils donc le français? Artur et le docteur Ebner quelques mots. Mais parmi les femmes du Heim, il n'y en a que deux qui le parlent un peu et acceptent de l'approcher, sous l'œil réprobateur des autres. Qui peut-être font juste semblant de ne pas connaître sa langue. Celles qui lui parlent sont Frau Inge, une institutrice, et Frau Ulrike, une secrétaire. Ni l'une ni l'autre ne porte d'alliance. Frau Inge doit avoir près de quarante ans, elle a l'air attendri de manière chronique et s'est prise d'amitié pour elle, la trouve très jeune et charmante, Renée lui rappelle les grandes filles auxquelles elle faisait classe. Inge un jour l'aide même à écrire une lettre « sans fautes », et applaudit à ses progrès, « Dix sur dix, félicitations! Artur sera très fier! », et elle l'embrasse sur la joue. Frau Ulrike, vingt ans et des poussières, semble vouloir améliorer ses connaissances en français, et en quelque langue que ce soit elle aime sympathiser et *quatschen*, bavarder, indifférente au statut marital des unes et des autres, et parvenant sans peine à faire oublier le sien. Drôle, aimée de toutes. Les infirmières l'adorent. Même les épouses de SS viennent lui parler.

Schwester Helga demande à une des pensionnaires de venir à son tour langer le nourrisson. Renée voit s'avancer Frau Gerda, sa voisine de chambre, qui depuis son arrivée répond du bout des lèvres à ses *Guten Morgen* le matin. En défaisant sa valise, elle avait posé sur sa table de nuit un cadre avec une photo de mariage : elle en robe blanche, lui en uniforme. Renée garde la photo d'Artur dans un tiroir. Même si elle a pu recoller les deux morceaux, si froissée qu'impossible à exposer. Tous les soirs à l'heure du dîner, Frau Gerda reçoit une lettre. Elle tient un journal. Elle est frileuse. Elle aime discuter et rire avec un groupe de pensionnaires, toujours les mêmes, toujours ensemble aux activités du soir. Elle fait souvent le tour du lac, parfois avec ses amies, parfois seule. Elle n'aime pas les Françaises. Ou les filles-mères. Ou les deux.

Elle s'essaie à disposer les couches de tissu le mieux possible sur la table. Commente joyeusement ce qu'elle est en train de faire, petite voix perchée que l'émotion rend nasillarde, tandis que Schwester Helga ajuste un peu, en l'encourageant. Renée prend une chaise dans un coin, s'assied : qu'elles durent donc longtemps, ces activités du soir, surtout les discours à la radio et les classes. À peine assise, se redresse aussitôt. Sirène. Le hurlement d'une sirène. Familier, presque, un retour en arrière, un retour dans l'espace. Le mois de juin, début juillet, lorsque Caen toute proche a été tant de fois bombardée. Schwester Helga prend la parole, crie par-dessus la sirène, et toutes écoutent. Disciplinées, silencieuses, comme si tout ça était normal.

Renée regarde autour d'elle. La fenêtre de la salle commune. Le ciel le ciel le ciel, bleu soir. Quoi, la guerre, ici ? Ici aussi la guerre. Elle a une main sur son cœur, comme s'il allait s'envoler, et une sur le ventre, crampe. « *Schneller* », plus vite, crie l'Oberschwester tandis que les autres ont déjà quitté la salle et que Renée reste en arrière. Elle finit par les suivre.

Elle ne savait même pas qu'il y avait une cave ici, très vaste, divisée en plusieurs grandes pièces et remplie de conserves en verre, de sacs, de meubles. Toutes sont debout, près de l'Oberschwester qui a rassemblé les mères, tandis que les *Schwestern* portent chacune deux enfants. Renée, blottie contre un mur, accroupie, claque des dents. Inge s'approche d'elle, étonnée,

« Qu'est-ce qui ne va pas ? demande-t-elle en français.

— J'ai peur. »

Inge alors sourit :

« Tout va bien. C'est un exercice. Rappelle-toi, le *Luftschutz kursus*, la préparation aux raids aériens.

— *Schweigen !* », silence, crie l'Oberschwester.

Plus de sirènes, mais les dents de Renée continuent à claquer. La guerre arrivera. Elle en est sûre. Elle le sent, même physiquement, que la guerre est en train d'avancer dans sa direction. Respiration haletante, comme si elle courait. Dans sa tête elle court si vite qu'elle ne dormira plus, ne se couchera plus, elle ne sera plus jamais chez elle nulle part. Elle le sent dans le picotement du bout de ses doigts. Elle le sent dans ses os.

La guerre arrive.

Marek

Sur le ventre. *Eins Zwei Drei Vier*, il compte mentalement. Jusqu'à vingt, parfois plus, puis recommence à *Eins*.

À plat ventre, les bras repliés sous son visage et sa poitrine. Nu jusqu'à la taille et, sur les jambes, une couverture de laine pliée en deux. Insensible à la paille du matelas, aux brins, aux échardes, au tissu de jute qui le couvre et d'habitude le torture, devenus des détails, rien de suffisamment inconfortable pour le faire bouger. Il ne sent que son dos à vif, sa chair lui traverse la peau, la chair est partout, perçante, débordant de sa peau crevée et le contact avec l'air le crucifie.

De temps en temps, une goutte lui coule le long des côtes, du sang il sait, pas encore de la lymphe, trop tôt. Il bouge sa main ankylosée, et ce léger mouvement le déchire, rouvre une des lacérations.

Ce n'est rien, il se répète les yeux à moitié fermés sur l'obscurité, dans une espèce de délire, rien, rien, la peau du dos ça se refait bien, très très bien, c'est ce qui se refait le mieux, la douleur est superficielle, passera passera passera. Supportable oui, presque douce maintenant, presque un souvenir, déjà il ne se souvient plus au juste. Douleur presque électrique qui ramenait son corps tout entier à son dos, à la douleur aiguë, déchirante, à la secousse. Entre deux coups, il devenait une crispation, un raidissement pour mieux supporter, puis un tremblement. Mais ce souvenir-là est déjà irréel. C'est maintenant une douleur plus simple et supportable, celle de la plaie à vif dans laquelle bat son sang. *Eins Zwei* son sang qui bat, bat lui aussi la mesure. Vingt coups on n'en meurt vraiment pas. Il a connu pire, et c'était il n'y a pas si longtemps que ça, mais tout paraît tellement loin. De toute façon il ne repense jamais au pire d'avant. Ni au mieux. Presque jamais à sa famille. Il pense à manger. Et maintenant à son dos.

Il ne se souvient plus vraiment de la douleur des coups eux-mêmes, juste du comptage qui l'obsède, un automatisme, comme une rengaine dont on ne parvient pas à se débarrasser. *Vier Fünf Sechs Sieben.* Comme les moutons que l'on compte pour s'endormir. Mais il ne dormira pas cette nuit, pas beaucoup, avec son dos ouvert et l'impossibilité de bouger sans rendre plus aigu l'élancement. Ça passera oui, ça passera. Il faut juste éviter que ça ne s'infecte, que le tissu sale rentre dans la plaie et rentre dans sa peau, son sang, la trame se mêlant à celle de sa chair qui tente de se refaire. Éviter que sa peau croisse dans les fibres et se referme sur le tissu jamais nettoyé, nid de germes, de vestiges organiques, transpiration, toxines, bactéries, saletés diverses, empoisonne son sang appauvri. À l'air, comme ça, ça guérira très bien. L'oxygène fait guérir. Et Pierre, un résistant français, KZ Dachau aussi, lui a nettoyé les plaies avec de l'eau. L'eau est bonne ici, c'est de l'eau de la pompe, propre, il y en a en suffisance. Pierre a préparé des bandes de tissu, tirées d'une vieille chemise, pour le panser demain matin. Ça ne sera pas sec, hélas. Les bandes vont lui rentrer dans le corps. Les blessures sécheront cette nuit, il le faut. *Eins Zwei Drei Vier.*

Il compte, et compte, et pense au pain, à la tranche beurrée, il a la bouche qui se remplit d'eau. L'afflux soudain d'humidité ne parvient pas à pénétrer dans la pâte boueuse de sa gueule, une argile sèche dans laquelle rien de liquide ne passe. Quand il se met à somnoler, un filet de bave grasse lui coule des lèvres jusqu'au creux du coude, et s'abîme dans la sciure poreuse du matelas.

DEUXIÈME PARTIE

MAISON HANTÉE

Helga

« Vous voyez, dit Helga à Frau Geertrui, une si belle voiture pour Jürgen, il a son propre chauffeur. On va bien s'occuper de lui, à l'hôpital. » Elle a l'air soucieuse ; on voit bien que c'est son souhait le plus cher, qu'on prenne soin du petit Jürgen, toutefois ses traits sont tendus. Frau Geertrui, le visage fermé, tient serré son bébé endormi. À ses pieds, un sac qui contient la layette. Helga lui souffle, « Il sent tout ce que vous sentez ». Frau Geertrui ne pleure pas. Juste un sanglot qu'elle ravale. Une *Braune*, une infirmière « brune », sort de l'arrière de la berline, prend le sac et Jürgen, sans le regarder ni sa mère, juste un léger hochement de tête vers sa consœur, et retourne s'asseoir à l'arrière, avec le petit dans les bras. Si elle pouvait, Helga prendrait Frau Geertrui contre elle. Elle ne peut pas, n'a jamais pu. Lui pince pourtant la main brièvement. Puis lâche. Plusieurs pensionnaires sont aux fenêtres, à regarder. Le docteur Ebner lui n'est pas sorti, toujours dans la salle de travail. Au moment où la voiture démarre, Frau Geertrui a un nouveau sanglot. Helga s'empresse de lui dire qu'il faut rester calme, pour éviter que son enfant ne sente son angoisse ; pendant des jours et des mois il existe, murmure-t-elle, un cordon ombilical fantôme qui les relie, même lorsqu'ils ne sont plus ensemble. L'autre se force à respirer profondément. Elle ne crie pas, ne grimace pas, ne dit rien. Mais les larmes se mettent à couler quand même, et il n'y a rien à faire, elles coulent sans un bruit, sans un mot, sans s'arrêter, comme un vase fêlé laisse s'échapper son contenu.

Elle n'est plus rien que ses yeux ébréchés, qui fuient et coulent, et la consoler par des paroles c'est essayer d'attraper de l'eau de mer avec les doigts, tout s'en va, rien ne reste. Elle tient à peine debout, alors de retour dans la chambre Helga la fait asseoir, l'aide à remplir sa valise, c'est elle qui range toutes les affaires. Qui plie une petite veste de bébé oubliée au fond de l'armoire, elle se rappelle avoir vu Frau Geertrui la tricoter en soirée, sereine, heureuse, jeune. Qui est maintenant assise sur le bord du lit, l'air ailleurs, elle n'est plus qu'eau et sel. Répète qu'elle veut mourir, plutôt que rentrer seule. L'autre pose son doigt sur sa bouche, « Ne dites jamais ça, Frau Geertrui. Que personne jamais ne vous entende dire des choses pareilles » et aussi, de nouveau, « Il faut penser à Jürgen. Aux autres enfants que vous aurez. Et surtout il faut penser à vous-même ». Bien sûr, elle a peur de ce qu'il adviendra de cette femme lorsqu'elle se retrouvera seule, mais elle est pressée de la voir quitter le Heim, car elle craint par-dessus tout qu'elle ne se donne en spectacle. Cela lui causerait encore plus de tort, et elle souffre déjà tellement. Trop. « Ne montrez à personne. » Elle pense alors qu'il ne faut pas non plus que qui que ce soit l'entende dire ça, il ne faut pas que ces mots sortent, ni de cette chambre, ni de sa bouche plus jamais.

JOURNAL DE SCHWESTER HELGA

Heim Hochland, 19 septembre 1944

La berline noire de l'Office L. est arrivée vers 9 heures. J'ai accompagné Frau Geertrui et son bébé jusqu'au perron. Une Braune lui a pris l'enfant. C'était ~~un crève-cœur~~ nécessaire sans doute.

Après le départ de la voiture, je l'ai aidée à rassembler ses affaires et elle a quitté le Heim. Je l'ai regardée traverser le parc, tête baissée avec sa valise, vers la gare de Steinhöring. Elle boitait légèrement, à cause de l'accouchement récent.

Je ne lui ai pas dit que le père de Jürgen, un Obersturmführer, a déjà fait savoir au docteur qu'il ne reconnaîtra pas cet enfant, qu'il n'est d'ailleurs plus si sûr d'en être le père, et qu'il ne souhaite en aucun cas revoir la mère – alors même que, quelques semaines plus tôt, il était question de l'épouser! ~~Quelle lâcheté.~~ Il a bien compris, lui, qu'il faut se faire oublier et mettre toutes les distances qu'il peut. La naissance de cet enfant équivaut à un blâme et sera certainement un frein dans sa carrière. Tout ceci ~~d'une grande tristesse~~ inévitable. Une jeune femme que je ne connais qu'à peine et que je ne reverrai pas. Pourvu qu'il lui reste une mère pour la prendre dans ses bras. Je n'ai pas osé le lui demander.

Heim Hochland, 20 septembre 1944

Questionnaire du Reichsführer, envoyé ce jour à tous nos foyers.

— Comment fait-on la cuisine dans les Lebensborn ?
— Veille-t-on à conserver les vitamines ?
— Les pommes de terre sont-elles ou non épluchées avant d'être mises à l'eau ?
— Sert-on suffisamment de carottes crues, choucroute crue, etc. ?
— Si certaines ne supportent pas le pain noir, donnez-leur autre chose.
— Quant à celles qui ont peur d'engraisser avec la bouillie de flocons d'avoine, expliquez- leur que tout est préférable à des maux d'estomac.

Pour le Heim Hochland, le docteur m'a chargée de transmettre personnellement les réponses au Reichsführer !

Dans la cuisine où je suis descendue avec le questionnaire, Theresa était assise à table, en train de prendre des notes, tandis que deux autres servantes plus jeunes traversaient la pièce avec des bidons et des sacs de plusieurs kilos, en direction de la cave. « Nous n'aurons pas faim cet hiver ! » Il leur restait plusieurs wagons de sucre, de cacao et de fruits frais à débarrasser aujourd'hui. Je lui ai annoncé que nous n'aurions pas froid, non plus, car nous attendons dans les semaines qui viennent plusieurs wagons de linge. Elles sont gentilles, nos cuisinières, elles viennent du KZ Ravensbrück, des Témoins de Jéhovah, mais ici elles sont Theresa et Johanna et Frida, aussi bien nourries que les mères, habillées comme elles. À vrai dire on pourrait croire qu'elles sont des pensionnaires comme les autres. C'est une des jolies choses ici, nous sommes une grande famille, le docteur le répète souvent.

Renée

À travers la poche de sa robe, elle sent l'épaisse tranche de pain pliée en deux, qui forme une bosse sous le tissu. Si fraîche qu'elle est odorante et moite. Le tour de l'étang, Renée le fait deux, trois fois chaque jour, souvent davantage. Toujours dans le même sens. De plus en plus de rouge et de jaune dans les ramures, et les premières feuilles tombent, craquent déjà sous les pieds. Un ciel chargé, gris, dont le reflet assombrit l'étang. 18 h 15.

Lorsqu'elle arrive près de la caisse en bois, elle voit tout de suite que le pain qu'elle a laissé sur la pierre au petit matin est encore là. Elle soupire. Pose la deuxième tranche à côté de la première. Contre un tronc d'arbre, s'assied à distance prudente. Lorsqu'elle passe le matin, le pain qu'elle a laissé la veille a disparu. Mais ce sont peut-être les animaux. Un jour, elle a vu une souris près de la caisse, ou était-ce un mulot ? Il doit y avoir des renards aussi. Des chats sauvages ? Et des oiseaux, tant d'oiseaux. La veille à la fenêtre de sa chambre, le spectacle effrayant d'un grand geai aux ailes d'un bleu somptueux, qui donnait de violents coups de bec contre la vitre et la gouttière. Elle avait d'abord pensé « Le bel oiseau ! », en s'étonnant de son comportement, puis « L'étrange animal ! », car il continuait. Pour finir, elle s'était approchée de la fenêtre et avait vu qu'il était en train de picorer un oisillon. Avait posé une main sur sa bouche pour que rien n'y entre, rien n'en sorte, ne pas vomir. Mais depuis la hantait la vision de l'oisillon, devenu un haillon sanglant, la tache noire sous les paupières fermées, le bleu et le rouge sous sa peau nue, les coups de bec. Les oiseaux sont de terrifiants rapaces et s'ils mangent leurs propres petits, que laisseront-ils de ce pain. Elle décide de veiller sur lui. D'attendre ici l'heure du dîner, au risque de revoir l'homme sauvage. La chose lui semble osée, elle s'en trouve tout exaltée, sourit de sa propre audace.

Car elle a peur de cette grande carcasse d'homme, de ces yeux inhumains qui regardaient au travers d'elle, invisible, rien de plus qu'un obstacle. La maladroite bousculade l'avait renversée comme si elle ne pesait rien, et lui avait valu l'éraflure d'une branche aiguë. Elle secoue la tête, pourvu qu'il ne revienne pas. Elle regarde autour d'elle, personne. Est-ce un prisonnier, vraiment ? Habillé en civil. Les prisonniers, on ne les voit jamais. Pour ces biscuits, aurait-il été jusqu'à la tuer ? La tuerait-il ? Elle sourit, assise à plusieurs mètres du pain. Polit sagement sa robe sur ses genoux, un geste d'enfant, en surveillant si alentour rien ne bouge. Ses yeux étranges et sans cils maintenant fixes, des yeux de félin aux aguets. La seule fois où elle l'a vu, c'était un peu avant 17 h 40, au moment de la première volée de cloches. Avant le dîner donc. C'est la bonne heure.

Cinq semaines et deux jours qu'elle habite dans cette grande maison. Elle a vu partir beaucoup de femmes déjà, avec ou sans leurs nouveau-nés. Certaines ne restent que quatre ou cinq semaines, le temps d'accoucher. Avant-hier, c'est Ulrike qui est partie, laissant derrière elle une petite Renate. Elle ne pourrait pas continuer à travailler en emmenant sa fille avec elle, mais elle compte venir la reprendre dans un an tout au plus, le temps de « trouver une solution », elle disait ça d'un air joyeux, comme si le problème allait être simple à résoudre. Ulrike lui manque déjà. Renée s'accroche au moindre sourire, au moindre regard, à des gens qu'elle connaît depuis quelques jours, avec qui elle a échangé trois conversations. Seule. Loin.

Artur.

Bruit de pas derrière elle. Son cœur se met à courir. Elle se relève, tourne la tête. Frau Gerda. Qui la dévisage. Regarde les tranches de pain sur la pierre. « *Was machst du doch ?* », que fais-tu donc ? Voix aigrelette, une pomme trop acide et trop froide dans laquelle on plante les dents. Ride du lion. C'est la première fois que Frau Gerda lui adresse la parole. Elle parle et parle et Renée n'y comprend rien, sauf que c'est hostile, et que peut-être elle dira quelque chose à quelqu'un. Ou quelqu'un dira. Ou c'est elle qui doit dire. Renée ne bouge pas. Se tait.

Regarde de l'autre côté du champ, la limite qu'on leur demande de ne pas franchir, le village qu'elle n'a jamais vu et dans lequel il ne faut pas se promener. Quand elles font mine de passer le portail d'entrée, le SS dans la guérite leur dit de retourner au Heim. Où elles sont en sécurité, et qu'il ne faut pas quitter.

Frau Gerda est déjà repartie.

Renée se tourne vers le bâtiment blanc, dit tout bas non non non.

Marek

À plat ventre. Pour que la plaie respire, pour qu'elle se referme. Que ses tissus se retissent, se joignent, se soudent de nouveau. Pour que la plaie arrête de suinter, de pleurer, de baver sale et de rendre du pus. Ça fait trois jours, presque trois, qu'il est couché sur la paillasse, sur son ventre, parfois la joue sur ses mains, parfois contre le matelas dru qui lui a écorché la peau du visage aux endroits que la barbe ne protège pas. Bientôt trois jours qu'il ne tient pas debout, pas plus d'un tour de la chambre, et en s'accrochant aux murs. Qu'il boit et mange assis ou couché, que les autres prisonniers lui tendent la gamelle, la cuillère, le nourrissent, l'aident à boire, le soutiennent quand il s'assied.

Les gardes l'ont laissé couché, ils font semblant de ne pas le voir. Ne le voient pas, peut-être. Devenu invisible. S'il pouvait être invisible vraiment. Se fondre dans le crin de sa paillasse.

C'est Pierre qui lui a dit, hier soir, que demain ça sera le troisième jour.

Trois jours que sa plaie lui rentre dans le sang, encrasse ses veines, y instille du pus, l'empoisonne, sa plaie est en train de brûler son sang, qui lui enflamme le front et la tête. Elle s'étend, envahit tout son corps. Par la plaie ouverte rentre une vie rapide et minuscule qui le mange et le détruit. Par la plaie ouverte est entrée la mort.

Il a froid, froid, froid, à grelotter, des frissons si gros qu'ils lui ouvrent ses blessures davantage. Arrêter de frissonner s'il veut guérir. Arrêter de geler. Malgré la couverture que lui a prêtée Pierre, il crève de froid. Pierre et un autre prisonnier se collent sous une même couverture pour que lui en ait une deuxième. Il a envie de les tirer toutes deux jusqu'au-dessus de ses épaules. Surtout pas, laisser respirer. Ne pas toucher. Éviter le contact de cette couverture jamais lavée, grouillant d'une faune impure qui ne demande qu'à lui rentrer à son tour dans les veines. En guise de pansement, Pierre lui a déposé sur le dos des feuilles d'arbre tombées : « Pour que ça arrête de couler. Ça aide. » Et : « C'est peut-être un peu mieux ce soir. Ta température. J'ai du mal à me rendre compte. Est-ce que tu te sens mieux ? »

Il a demandé ça sur un ton mal assuré. Plein de pitié. Une voix pas bonne.

Marek a dit, « Oui, oui, mieux ». Il a répété, « mieux, mieux », comme si c'était quelqu'un d'autre qui parlait, il lui semblait entendre sa propre voix mais de l'extérieur. Elle résonnait comme dans une grotte.

Sa fièvre fait surgir des rêveries étranges, il lui semble ne plus vraiment dormir, mais la bizarrerie des images qui le hantent est telle qu'elles ne relèvent pas de l'état de veille. En boucle, il y a les images d'autres tortures, d'autres coups, plus anciens, ceux qui précèdent immédiatement son envoi à Dachau. Les coups. Le cachot. Les coups. Le cachot. La gueule cassée. Le goût de sang dans la bouche, qui semble remonter du fond de son estomac, du fond de son passé. Il a rêvé que la cicatrice sur sa joue droite se rouvrait en grand, se remettait à saigner. Il a rêvé qu'il perdait d'autres dents, qu'elles tombaient les unes après les autres, et qu'il les retenait, tentait de retenir avec ses doigts et ses mâchoires celles qui lui restaient. Des mâchoires en plaie ouverte, comme entaillées et ravagées par les crocs d'une bête. Il a rêvé de morsures dans son visage, rêvé qu'un animal lui sautait à la gueule et le laissait défiguré et édenté.

Avec la main droite, il se rassure de temps en temps, se caresse le visage, glisse un doigt sur ses dents, ses gencives irritées. Il sent sur sa joue droite la cicatrice. Et côté gauche, la petite dépression, un genre de creux, qui rend sa face asymétrique.

La petite dépression, ce sont les coups de poing. La cicatrice, le coup de cravache. C'était dans une autre vie, celle d'avant Dachau, celle où il guérissait bien, son corps était sain à l'époque, avait tellement mieux supporté les blessures. Les violences lui étaient alors venues d'un Junker prussien d'une grande élégance, aux yeux somptueux d'un bleu d'eau cils noirs qui, avant de le livrer à deux hommes de la Gestapo, l'avait abordé de manière courtoise, presque amicale. Cet officier d'une vingtaine d'années était beau comme un marbre ciselé ; sur le dos l'uniforme SS parfaitement coupé, décorations, rubans. Une attitude froide et virile, qui laissait pourtant entrevoir sa délicatesse et une grande sensibilité. Il avait voulu sympathiser avec Marek, l'avait trouvé « intéressant » et « racé » dans ce trou où ne survivent que des imbéciles et de la vermine, « Si vous étiez de sang allemand, vous me ressembleriez », lui avait-il dit. Marek se rappelle chaque détail du bureau : l'acajou, le cuir, le velours bistre, le beige ocre des murs. Les agrandissements des portraits de Himmler et de Baldur von Schirach, chef des jeunesses nazies. Plus petite, la photographie en pied d'une femme d'âge moyen à l'allure aristocratique et d'une jeune fille blonde qui ressemblait au Junker, « Ma mère et ma sœur », avait dit l'officier à son prisonnier.

Après lui avoir offert un cognac et une cigarette, il s'était mis à lui raconter sa vie, comme pris d'un soudain besoin de se confier. Marek s'était aussitôt senti mal à l'aise, il était jeune mais savait déjà que les confidences sont souvent des cadeaux qu'on vous fait payer cher. Que le Junker se sentirait bientôt humilié de cet épanchement à sens unique qu'il verrait comme un accès de faiblesse. Mais comment l'arrêter. Il avait évoqué son père mort cinq ans plus tôt, son éducation dans une *Ordensburg*, un collège nazi, sa rencontre avec Baldur von Schirach, dont il était devenu le favori. Les longues promenades dans les forêts avec von Schirach, qui l'a ensuite délaissé pour un autre garçon. Le nouveau préféré était le meilleur lanceur de disques de l'école. Chantait d'une voix superbe les anciens chants germaniques. Le Junker s'est alors arrêté de parler, se passant les mains sur les yeux, pris dans trop de lumière douloureuse.

Tout s'était ensuite accéléré. Il avait encore brièvement été question de l'école des officiers SS, dont il était sorti à la tête de sa promotion. Puis avait enfin révélé le but de l'entrevue : convertir Marek Nowak à l'ordre nouveau et le convaincre de travailler avec eux « dans l'intérêt même de la Pologne ». Il parlait encore que Marek cherchait déjà ses mots, comment réagir à ces confidences passionnées, cette invitation dont il ne voulait pas et qu'il lui fallait refuser, sans pourtant provoquer la colère de cet homme. Qui avait expliqué sur un ton plus neutre qu'à ses débuts, le parti nationaliste était basé sur des principes purement virils. Il n'était jamais sorti avec une femme, sauf pour les besoins du service. Il aimait parler franchement, d'homme à homme, « Je suis sûr que nous nous entendrons ». Lui avait resservi du cognac, tendu une nouvelle cigarette.

L'alcool écœurait Marek, qui avait l'estomac vide et l'esprit déjà flottant. Il s'en était tiré assez mal. Avait d'abord nié tout lien avec le mouvement clandestin. Le visage de l'officier s'était alors refermé aussi sec, violemment sombre :

« Je vais vous montrer des preuves de votre appartenance à la Résistance polonaise. »

Marek Nowak ne savait que trop bien de quoi il s'agissait. Avait simplement hoché la tête ; qu'attendait-on de lui, exactement. Sa cigarette se consumait entre ses doigts sans qu'il pense à la porter à ses lèvres. Un peu de cendre sur la table. Le Junker l'avait essuyée du revers d'une cravache qu'il avait prise contre le mur :

« Je souhaite entrer en contact avec la Résistance polonaise, présenter à ses chefs les bénéfices d'une collaboration entre nos deux pays. Vous seriez l'intermédiaire, ça n'a rien de déshonorant, au contraire : vous contribueriez à sauver votre pays. Acceptez-vous ma proposition ? », et ça semblait presque une demande en mariage. D'ailleurs, il avait le visage tout serré d'émotion, quelque chose dans ses yeux suppliait.

« Je ne peux pas accepter. » Marek Nowak était un peu ivre.

Le Junker l'avait dévisagé, avec la férocité d'un prédateur griffé. Avait appuyé sur un timbre, et un soldat mutilé était entré en boitant : « Le rouleau, Heinrich. Apporte-le-moi. Et fais entrer les gardes. »

Marek Nowak avait pris en tremblant les photographies que lui tendait l'officier : le film qu'il avait jeté dans un seau d'eau au moment de sa capture n'avait donc pas été entièrement détruit. Les clichés étaient au nombre de trois, et il les avait regardés l'un après l'autre. Soulagé qu'ils ne révèlent rien d'essentiel et que, certainement, les trente-trois autres n'aient pu être récupérés.

L'officier, dont la voix était maintenant vide et froide : « Qu'y avait-il sur le reste du film ? »

Marek Nowak, voix étranglée : « Aucune idée, je ne sais pas ce que. C'est une erreur… »

Le Junker s'était raidi. Blessé par ce mensonge manifeste, blessé dans l'image qu'il avait de l'homme en face de lui, et plus encore dans celle qu'elle lui rendait de lui-même. « Assez ! Arrêtez ce ridicule radotage sur votre innocence ! » Avait repris la cravache : « Je vous ai parlé d'homme à homme, mais vous n'êtes qu'un lâche et un hypocrite. » En avait cinglé la joue droite de Marek Nowak, et par ce geste l'avait livré aux hommes de la Gestapo. Les poings venaient de partout, le plafond avait basculé, le sol sous ses pieds s'était renversé.

Réveil dans sa cellule, douleur crue. Salive au sang. Il avait craché, craché encore, avait fini par avaler. De sa langue senti sans émotion que trois dents manquaient, toutes du côté droit. C'est la dépression qu'il a maintenant dans la joue, un trou dans lequel on peut enfoncer deux doigts. Le trou qui dans ses rêves bizarres devenait un gouffre, et ses dents minuscules, des dents de lait moisies dans une bouche trop grande, et ne tenant pas, il les sentait bouger sous ses doigts.

Il y passe alors une nouvelle fois la langue, il lui reste beaucoup de dents, grandes et qui tiennent, mais ce trou lui paraît énorme, il a l'impression d'avoir perdu la moitié de sa dentition. Il doit avoir la gueule de travers, et dans son sourire un abîme, Wanda le reconnaîtrait-elle.

Car dans ses rêves fiévreux, il y a aussi Wanda. Wanda qu'il a tant aimée, et à qui il ne pense presque plus jamais depuis qu'il a faim et qu'il est devenu un animal. Il essaie de la chasser de ses pensées, mais elle revient comme un fantôme. L'idée de Wanda est trop douloureuse, insupportable.

Wanda qu'il voit vivante et morte, Wanda d'avant, Wanda en train de mourir peut-être, où donc est-elle ? S'il pense à elle, c'est peut-être qu'elle est en train de mourir. Ou lui. Il va mourir parce que s'il ne se lève pas, on le renverra à Dachau. Il ne veut pas mourir. Il ne veut plus penser à Wanda.

Wanda Wanda Wanda, il la chasse et son nom reste sur ses lèvres, et il a le dos ouvert sur la mort. Son dos coule ; pendant la nuit, les feuilles glissent les unes après les autres, il est un arbre nu, dont la vie s'enfuit en même temps qu'une sève malade, une sève grouillante de bactéries qui le dévorent et le digèrent.

Alors il y a la voix qui crie, « *Aufstehen, schnell, schnell !* », debout, vite vite ! Et le bruit des prisonniers qui se réveillent, se redressent dans l'obscurité. Le bois des lits superposés qui grince. D'habitude c'est un soldat, aujourd'hui c'est Sauter lui-même. Sa voix est soudain proche, « *Schnell, schnell* », et au-dessus de lui, elle se fait étrangement douce :

« *Kannst du ?* » Tu peux ?

Salement douce.

Helga

Elle casse la fibre du papier cartonné, à le tenir comme s'il allait s'envoler tout en le maniant avec des doigts intranquilles, faut-il le plier ou le déchirer ou le jeter. Le froissement résonne dans le silence du bureau. C'est une carte postale administrative, en typographie gothique, expédiée de l'hôpital de Brandenburg-Görden.

Des lignes pointillées aux endroits où il faut compléter le nom de l'enfant et les dates de naissance et de mort.

Un paraphe sur un tampon illisible au bas.

Rien sur la cause du décès. Pas d'enveloppe, aucune lettre d'accompagnement, juste ce petit imprimé avec l'en-tête de l'institution. Elle va le poser, avec le reste du courrier, sur le bureau en acajou du docteur, seule touche de luxe dans une pièce spartiate. Chaises en bois. Paravent. Table d'examen. Instruments. Rien au mur, un cadre posé à côté d'une écritoire, avec une photo de sa femme et de ses filles.

À 11 heures, après sa tournée, le docteur dicte les rapports à Schwester Helga, qui les dactylographie. L'accouchement d'une pensionnaire qui a perdu beaucoup de sang. Les sutures d'une autre qui guérissent mal. L'état généralement satisfaisant ce jour des occupantes actuelles du bloc de la maternité. Il en vient alors à Jürgen. Sans changer de ton, il dicte à Helga que Jürgen Weiss, né le 2 septembre 1944 à Steinhöring, est décédé le 10 octobre 1944, à Brandenburg-Görden, d'une infection pulmonaire, après avoir bénéficié d'une *Sonderbehandlung*, un traitement spécial. Elle s'arrête net, les doigts en suspens au-dessus de la machine à écrire. Le docteur la regarde :

« Vous allez bien, Schwester Helga ?

— *Ja, sicher !* Absolument. »

Elle se remet à dactylographier, « d'une infection pulmonaire, après avoir bénéficié d'une *Sonderbehandlung* ». Le docteur dicte ensuite :

12 octobre 1944

Chère Frau Geertrui,

Nous sommes au regret de vous annoncer que votre fils JÜRGEN WEISS, né le 2 septembre 1944 au Heim Hochland, Steinhöring, est décédé de manière soudaine et inattendue d'une infection pulmonaire à Brandenburg-Görden le 10 octobre 1944.

Pour un enfant atteint d'une maladie mentale, la vie est un mal. Aussi devez-vous considérer sa mort comme une délivrance.

Heil Hitler !

Docteur Ebner

« *Danke,* Schwester Helga.

— *Bitte*, Doktor Ebner. » Et elle sort sans le regarder.

De retour dans son propre bureau, elle se met à écrire, à la main.

Liebe Frau Geertrui,

Nous avons reçu ce jour une lettre du Prof. Hans Heinze, avec une bien triste nouvelle. Votre petit Jürgen est mort le 10 octobre, d'une infection pulmonaire. Cela arrive quelquefois, quand les enfants sont, à la naissance, plus fragiles que les autres. Mais même s'il n'avait que quelques semaines, le professeur Heinze a souligné que jusqu'au bout, votre bébé s'est battu comme un vrai petit lion. Je suis bien certaine que Jürgen a senti que vous pensiez à lui ; c'est vous qui, même de loin, lui avez soufflé votre force et votre courage. Votre Jürgen était un petit guerrier et, maintenant, il veillera sur vous. Il est mort sans douleur, dans les bras d'une infirmière. Un traitement lui a permis de s'endormir doucement.

Mes sincères condoléances, liebe Frau Geertrui,
Heil Hitler!

Schwester Helga

JOURNAL DE SCHWESTER HELGA

Heim Hochland, 16 octobre 1944

Mort de Jürgen. C'est sans doute mieux ainsi, mais je broie du noir. Je ne pense plus qu'à des choses tristes.

Jürgen ne ressemblait pas à ces images qu'on nous montre à l'école d'infirmerie. Il n'avait rien de ces idiots congénitaux à visage monstrueux, ni de ces enfants difformes et effrayants qui menacent l'avenir de notre pays. C'était un très beau petit garçon aux proportions parfaites, qui avait un peu de mal à se réveiller. Peut-être avait-il juste besoin de temps.

La mort d'un nouveau-né, quel qu'il soit, m'est difficile.

~~M'est revenue l'histoire de cette pensionnaire que nous avons eue, une femme qui travaillait dans la Gestapo, je venais d'arriver au Heim. Elle racontait aux autres mères comment on massacre les Juifs, et comment leurs nouveau-nés sont tués d'une balle dans la nuque. Plusieurs femmes étaient pendues à ses lèvres, ça s'est su, c'est remonté par les Schwestern jusqu'au docteur. À la fin, tout le Heim en parlait. Et le docteur Ebner l'a immédiatement convoquée pour son attitude inappropriée. Il ne l'a pas renvoyée, mais l'a blâmée sévèrement. « Herr Doktor, est-ce vrai ? » lui ai-je demandé. Le docteur a soupiré : « C'est la guerre mein Kind. — C'est la guerre, je sais bien, mais des nouveau-nés ? » Il n'a pas répondu. Juste dit que l'attitude de cette pensionnaire était tout à fait déplacée. Je me souviens avoir alors pensé que~~ j'ai de la chance d'être du bon côté, du côté de la vie, le côté où on sauve, on soigne les femmes et les orphelins. Quelle chance de pouvoir travailler ici. De travailler bien, à de bonnes choses, dans un endroit paisible.

Heim Hochland, 18 octobre 1944

Ce soir, nous avons écouté le Reichsführer à la radio. Il appelle tous les hommes allemands entre seize et soixante ans à défendre notre sol natal avec toutes les armes à leur disposition. Je viens d'écrire à papa, qui a cinquante-huit ans. J'ai tellement peur pour lui.

~~*Heim Hochland, 20 octobre 1944*~~

~~*Il m'arrive de penser à ce soldat, Bernhard, qui me regardait lors de ma première Bénédiction du Nom, il y a plus d'un an. Il était jeune, sûrement célibataire. Parfois je regrette de ne pas avoir voulu lui parler. Où est-il maintenant ? Et s'il revenait ? Et s'il était mort ?*~~

Heim Hochland, 26 octobre 1944

Papa m'a répondu. Il doit s'enrôler avant novembre. Il plaisantait dans sa lettre, m'écrivant qu'il avait oublié comment tenir un fusil, plus habitué à la moissonneuse qu'aux armes, mais qu'il est fier de faire son devoir, « comme tu le fais toi-même », a-t-il souligné. Sa lettre date du 21, peut-être est-il déjà engagé à l'heure qu'il est. Quand cette guerre finira-t-elle donc.

Toujours pas de réponse de Frau Geertrui à ma lettre envoyée le 12. Pas un jour sans que je me demande comment elle résiste à ce coup, Gott sei Dank loin du Heim ! Loin des yeux du docteur et des Schwestern et des mères, loin des rapports, des dossiers. Ces dix jours sans nouvelles ne m'étonnent pourtant pas ; en cas de problèmes avec l'enfant, nos pensionnaires sont promptes à se faire oublier. Mais la sensibilité de Frau Geertrui me faisait craindre je ne sais quoi.

Quant à moi, même si je n'ai rien à y faire, je passe tous les jours un peu de temps dans la salle des nouveau-nés, j'essaie de me concentrer sur les petits, de les soigner, de les cajoler, et je pense à Jürgen.

Renée

Une seule fois, en regardant par la fenêtre de sa chambre, elle a vu des ombres masculines passer. Au loin. Aussitôt dissimulées par la verdure. Parmi elles peut-être celle du prisonnier. Des hommes invisibles qui travaillent à des heures où personne ne les voit. Déjà quatre gigantesques hangars se sont élevés comme par magie, dont les pensionnaires ont reçu la consigne de ne pas s'approcher. De sa fenêtre elle en aperçoit deux. Mais aucun homme. De l'autre côté de l'étang non plus, rien ne bouge. Impossible cependant de voir ce qui se passe du côté de la caisse en bois. Trop d'arbres. Des buissons opaques, mal taillés.

17 h 40, première volée de cloches pour le dîner. Le ciel du soir tombe de plus en plus tôt et déjà l'horizon s'assombrit. Où les prisonniers dorment-ils la nuit ? Les fenêtres sont ouvertes sur la fin d'une belle journée d'automne, laissent entrer la lumière vaporeuse, presque embrumée. Le parfum de l'herbe coupée, celui, déjà, du pain et de la soupe à la crème qu'on dispose – la salle commune est juste en dessous.

Elle s'apprête à refermer, Frau Gerda a toujours froid et ne supporte pas que la fenêtre soit ouverte, et depuis la scène dans le parc Renée a peur d'elle, se sent suivie et surveillée où qu'elle soit, elle ne reste plus dans la chambre que pour dormir. Elle distingue alors dans le parc une silhouette de femme qui ne marche pas droit, tient mal debout, par moments plie vers le sol, comme si elle cherchait quelque chose par terre, comme si elle allait vomir ou tomber. Ce visage, elle le reconnaît, celui d'une femme du Heim, qu'elle n'a plus vue depuis plusieurs semaines. Certainement, elle a eu son bébé avant de repartir. Elle semble s'éloigner du bâtiment. Continue à errer de son pas mou et fragile dans les pelouses. Renée la regarde disparaître de l'autre côté de l'étang. Regagne-t-elle la gare ? Il n'y a plus de trains à cette heure. Après une hésitation, Renée ferme la fenêtre pour de bon, les nuits se rafraîchissent de jour en jour.

Le fumet du bouillon de légumes lui remplit d'eau la bouche. Sa vapeur parfumée lui enveloppe le visage, se mêle à sa peau salée par une légère transpiration. Elle ferme les yeux, bruit des couverts, son liquide de généreuses louchées dans la porcelaine. Bavardages joyeux. Ses voisines rient en parlant un incompréhensible dialecte allemand, avec des *r* roulés. Au moment étrange où autour d'elle tout se tait soudain, elle rouvre les yeux. Près de l'entrée de la salle, en face d'elle, une femme s'avance d'un pas hésitant, c'est la femme du parc. Au visage, une marque rouge lui barre le front, comme si elle s'était pris un arbre, ou un coup de poing. Elle a les lèvres frémissantes, les yeux qui cherchent, les mains qui se tortillent devant sa poitrine comme si elles voulaient l'une l'autre s'empêcher de prier. Ses yeux ne trouvent pas. Finissent par s'arrêter, sur une infirmière. Schwester Helga.

La femme se précipite vers elle, s'agenouille, s'accroche à la robe marron bien repassée. Dit quelque chose. Aussitôt Schwester Helga la redresse en se levant elle-même, essaie de l'entraîner hors de la salle, par le bras. L'autre hausse le ton. Cette fois, Renée distingue le mot *Kind* et aussi, peut-être, *Leib* ou *leicht*, elle n'est pas sûre. Schwester Helga murmure. La femme cherche à se dégager le bras, en parlant toujours plus fort. Elle crie presque, est-ce de la colère ou de la terreur, elle semble si triste. Toute l'assemblée regarde et se tait, plus un bruit de couvert, ni de mâchoire, et tous les yeux sont tournés vers la scène. Une, puis deux autres infirmières se lèvent et s'approchent de l'intruse, lui prennent les épaules, la taille, pour la faire sortir. Cris à pleine voix et chhhhht des infirmières, et déjà un solitaire cliquetis d'argent contre la porcelaine, une des pensionnaires s'est remise à manger.

La dernière Schwester à sortir referme la porte derrière elles. La voix s'éloigne, les mots s'espacent, se perdent dans le brouhaha croissant du réfectoire et les bavardages redoublés que suscite l'incident. Plus personne ne rit. Les servantes apportent des plats de semoule, du pain, des bocaux de saindoux. Une dizaine de minutes plus tard, trois des infirmières reviennent, sans Schwester Helga. L'une d'entre elles cogne d'une fourchette son verre. La distribution du courrier.

Elle a lieu au moment du dessert. Ce n'est jamais Renée qu'on appelle. Les premières fois, elle tendait l'oreille, elle arrêtait même de manger, écoutait tous ces noms, leur musique rugueuse. S'irritait de voir ses voisines recevoir des lettres tous les jours, quelquefois plusieurs. Mais ça fait maintenant des mois qu'elle est certaine d'être arrivée au bout du monde, à un endroit où personne ne saura la trouver. Souvent elle se dit que si elle mourait, personne ne s'apercevrait de rien, une autre femme viendrait occuper son lit dans la chambre 23 et c'est tout. Quand elle pense à sa mère, parfois, elle pleure. Parce qu'elle se sent oubliée. Disparue. Morte. Parce qu'elle ne sait pas bien elle-même où elle est. Elle pose une main sur son ventre à peine tendu, ce qui en elle reste de vie est là.

Elle n'écoute pas l'appel des noms. Ce soir compote de poires, elle s'en sert une belle portion. Ajoute du sucre dans son thé noir.

« Frau Renée. » Elle remue le sucre dans sa tasse, petit bruit du métal qui heurte la porcelaine. « Frau Renée », répète Schwester Maria et elle lui tend l'enveloppe. Renée se lève d'un coup, elle s'empare de la lettre à deux mains. Sort de la salle presque en courant. S'appuie contre le mur du hall, le plafonnier est éteint, mais deux petites lampes murales sont allumées. À la lumière de la plus proche, voit une écriture qu'elle ne connaît pas, son propre prénom et l'adresse du Heim. Le timbre, Hitler de profil, *Deutsches Reich*, la marque postale : *Berlin, 23.10.44.* Renée a les mains qui grelottent. Elle porte l'enveloppe à son visage, l'odeur d'Artur. Elle n'ouvre pas la lettre, se met à pleurer.

Les femmes sortent de la salle, et se dirigent vers l'escalier. Inge s'approche d'elle, lui touche l'épaule, parle en français, « Mauvaises nouvelles ? ». Renée lui tend l'enveloppe. Lui dit qu'elle n'arrive pas à ouvrir, lui dit, « Artur est mort ». Inge prend l'enveloppe tendue. Ouvre, délicate. En sort une carte. Sourit. C'est une carte postale, avec quelques mots griffonnés. *Liebe Renée*, et la date, le 23 octobre, et *Herzliche Grüsse von Berlin,* un grand bonjour de Berlin. Et un prénom, *Ulrike*. Frau Inge éclate de rire, la prend dans ses bras, comme une petite fille qui s'est écorché le genou.

Renée la repousse, elle a le visage soudain brûlé :

« Je ne peux pas rester ici, dit-elle en français. Je vais partir. »

Marek

Dix-sept wagons remplis de linge et un dix-huitième, de paillettes de savon. Transporter le chargement de la gare de Steinhöring à l'entrepôt leur a pris l'après-midi. Maintenant il faut trier, selon la nature des articles. Draps, housses, serviettes de toilette. Vêtements de bébés. D'enfants. De femmes. Été, hiver, toutes saisons, robes, cardigans, manteaux de fourrure. Un travail léger, et la journée tire à sa fin. Une journée de plus, et toujours vivant. Debout. Chancelant. Debout. La fièvre est retombée. Son dos s'est refermé. Il a de nouveau faim.

Par paquets, il sort des sacs les vêtements, qui ont déjà été classés une première fois et qu'il faut déballer et entasser. Des robes, unies, rayées, à pois, de la laine, de la soie, du velours, courtes, longues, douces au toucher. Des dizaines de monticules. Les tissus exhalent des parfums, ça sent la fleur, la naphtaline, ça sent la sueur et le savon, la femme et le renfermé. L'odeur d'une foule de femmes accrochée dans la fibre, et qui monte et embaume à mesure qu'il sort les pièces.

Il approche de son nez une robe bleue. Une odeur fruitée, qui lui fait monter l'eau à la bouche. Le vêtement est long, de petite taille, sa propriétaire a dû être élégante, riche sans doute, il en détache un long cheveu blond. Dans la vie d'avant, il trouvait quelquefois de tels cheveux sur ses propres vêtements ou sur le lit. La chevelure de Wanda avec laquelle il jouait, qu'il embrassait. C'est si loin que c'est irréel.

Tous ces habits, d'où viennent-ils ? Les Juifs n'ont droit qu'à une petite valise quand ils partent travailler dans les camps. Ou y mourir, comme il serait mort lui-même s'il était resté à Dachau. À Dachau aussi il a vu des tas de vêtements. Ceux des hommes qui devaient se déshabiller pour enfiler l'uniforme rayé des prisonniers.

Il attrape une fourrure de zibeline, y enfonce son visage, elle a une odeur de femme jeune, l'odeur d'une brune à cheveux immenses. N'avoir plus jamais froid. Il caresse de tout son long la peau de bête comme un dos de fille, sent une raideur à hauteur de la poche. Et il sent des poils qui se détachent aussitôt, lui restent sur les mains. Entre deux doigts, il en arrache une pincée, ils volettent dans la lumière, le manteau se désagrège entre ses mains. Pris d'angoisse, il le lâche. Touche de son index ses dents, passe le pouce sur les gencives. Respire.

Jette la fourrure sur un tas. Sort de nouveaux vêtements d'autres sacs. Des parfums, appétissants, écœurants, une odeur de mort, de décomposition. Il lance les défroques loin de lui comme si elles étaient infestées. Son geste brusque le fait grimacer, quelque chose s'est rouvert, quelque chose dans son dos coule, s'échappe, de la lymphe, du sang.

Il se rapproche hésitant du tas des fourrures, reprend la zibeline qu'il avait caressée, sentie, aimée, les poils s'en détachent au moindre contact. Il en a plein les doigts. Froid dans le dos. Dans la poche du vêtement, la raideur, une enveloppe. Il la saisit, la plie, la dissimule dans sa chaussure.

Tout un vestiaire hanté, où se convie l'ombre de Wanda. Wanda qu'en quelques mois il a oubliée, et pourtant il l'a tant aimée. Quelque chose en lui l'aime toujours. L'aime comme on peut aimer quelqu'un qu'on a connu enfant puis perdu de vue, perdu il y a très longtemps. C'est la fièvre après les coups de fouet qui la lui a ramenée. L'a fait ressurgir dans des rêves effrayants où on perd ses dents, ses ongles, ses cheveux, et où on est en train de mourir.

Ce qu'il reste d'elle : des traits qu'il ne parvient plus à figer, comme mouvants, et lorsqu'il ferme les yeux pour essayer de les retrouver, il a les paupières qui tremblent et il a beau les serrer, les traits n'en deviennent pas plus précis. Il reste sa silhouette fine, lointaine, presque floue. Mais l'allure, vouloir s'en rappeler, c'est comme essayer de saisir un geste. Marek essaie de se concentrer sur des détails qu'il connaît bien. Ses petites mains blanches, l'ovale de ses ongles, ses jambes gracieuses ciselées aux chevilles, le bleu de ses yeux légèrement bridés, il y pense, mais les images se fondent, bougent, les contours sont mobiles, les couleurs inexactes, impossible de les cerner. L'image se transforme en idée, Wanda en fantôme.

D'elle, il lui reste une sorte de sanglot, coincé dans la gorge. Où donc est Wanda ? Avant, même absente, elle était partout. Où qu'il regardait elle s'y trouvait. Vit-elle toujours ? Il le croit, comme il croit depuis peu à l'existence de Dieu. Il ne pense d'ailleurs plus à elle que quand il a la force de prier. Dans la bouche, il sent des poils de zibeline. Il se passe un doigt sur la langue. Crache à côté d'un tas de vêtements. Pas sur les vêtements, non, qui ressemblent trop à des dépouilles de femmes. Il espère qu'elle est toujours où il l'a laissée. Il en doute. À l'époque où ils l'ont arrêté, elle était son agent de liaison et son épouse illégale. Surveillée en même temps que lui. Trop reconnaissable. Trop connue. Trop belle. La vie a cette sale propension à broyer la beauté. Rien ne survit mieux, pense-t-il, que les lâches et les crapules. Elle était enceinte, aussi. Et en ces temps de guerre, la vie fragile d'un enfant n'est faite que pour s'éteindre comme une bougie entre le gras du pouce et l'index. Je vous salue Marie pleine de grâce, et il prie pour l'âme de son enfant à venir.

Il l'avait l'épousée secrètement l'année dernière. Depuis 1942, les Polonais n'avaient plus le droit de se marier sans la permission des autorités, qui leur était presque toujours refusée. Ils se mariaient quand même, à l'Église, avec la complicité des prêtres. Lorsque des enfants naissaient de ces mariages clandestins, ils étaient enlevés et déportés dans le Reich, on perdait d'eux toute trace, et que devenaient-ils alors? Le bébé de Wanda doit naître fin décembre. Un bébé de Noël. Si elle ne parvient pas à le mettre à l'abri, il disparaîtra, et à cette idée l'enfant lui paraît encore plus loin, encore plus abstrait. Son fils n'a pour toute réalité que Wanda. L'enfant n'est rien, Wanda est tout. Était tout, quand il était lui-même un homme.

La possibilité de sa mort l'effleure quelquefois, comme un éclair qui le manque de peu, mais la douleur et le vide ne durent que l'espace d'un instant, il revient à la certitude qu'il la retrouvera, si lui-même survit. Au bébé il ne pense jamais. Il s'est déjà surpris à lui en vouloir d'affaiblir et d'affamer Wanda, qui a pourtant besoin de toutes ses forces. À lui en vouloir même de sa propre faim. Qu'il retrouve seulement Wanda et ils auront toute la vie pour se préoccuper d'un enfant, un autre. Celui-ci, ce n'était pas le bon moment, un accident, et il serait juste qu'il retourne là d'où il vient. Lorsque le traverse cette pensée, il prie. Un « Je vous salue Marie » en se disant que certainement, par ses mauvaises pensées, il attire le malheur sur son enfant à naître. Mais il a beau se le reprocher, il ne croit pas à l'improbable miracle de retrouvailles à trois, ils ne seront que deux. Et il choisit Wanda.

Marek Nowak croit encore qu'il a le choix. Que s'il choisit Wanda, elle vivra.

C'est une des phrases qu'il répétait, avant : « On a toujours le choix. » À tous ceux qui disaient « Je n'ai pas eu le choix». On l'a toujours. C'est juste qu'il n'est quelquefois pas facile à faire. Que dans certains cas il coûte très cher. Ceux qui disent «Je n'ai pas eu le choix» sont ceux qui ont choisi la facilité. Et soudain, il pense que si Wanda et lui avaient eux aussi fait ce choix-là, ils seraient en ce moment ensemble et heureux et rassasiés. Toute sa fibre intérieure se durcit et il serre les dents et accélère le rythme. Les vêtements volent, s'écrasent en plis, en rides, en vagues, mêlent odeurs et couleurs, tas bigarrés, des cadavres de tissus mous.

Et il se dit qu'il s'est trompé, trompé si fort, il aurait dû choisir le bonheur. Il a alors un spasme, qui est aussi le début d'un pleur, ou un soupir d'effort. Un coup violent dans l'épaule le fait bondir – la matraque de Sauter, entré en douce, à un endroit où la peau n'est pas encore cicatrisée. «*An die Arbeit! Und schneller!*» Marek se fige brièvement, ne lève pas les yeux, reprend le travail. Il se dit que tout ce qu'il a fait n'a au fond servi à rien. Au prix de son bonheur qu'a-t-il sauvé, qu'a-t-il obtenu, qu'a-t-il donc acheté. Au prix de sa vie, peut-être. Toute cette souffrance inutile. Il suffoque de colère, aimerait gueuler de haine. Il sent à hauteur de l'épaule sa peau picoter, sa chemise s'humecter, du sang couler encore. Les autres, tous ceux qui n'ont «pas eu le choix», avaient donc raison. Il essaie de revenir au calme. Notre père. Qui êtes aux cieux. Que votre nom. Soit sanctifié.

Helga

Helga range les fiches et les questionnaires de deux nouvelles pensionnaires. Dans ses gestes, à la fois plus rapides et plus gauches, une nervosité inhabituelle. Frau Geertrui est avec le docteur, dans le bureau adjacent. À travers le mur leurs voix, à peine audibles. Elle cherche à entendre, ne distingue rien. Fixe un tas de dossiers et se demande si sa lettre à Frau Geertrui était coupable, s'il lui faudrait elle-même l'évoquer, en présentant des excuses au docteur. L'entrevue dure une heure, et Helga ne devrait plus être là, elle arrête de travailler à 17 h 45, il est près de 19 heures. La porte s'ouvre enfin. « Encore là, Schwester Helga ? Raccompagnez donc Frau Geertrui *bitte schön.* » Le docteur lui adresse un regard par-dessous qui signifie : vers la porte de sortie. Il n'y a plus de trains jusqu'au lendemain matin, dehors il fait nuit.

Helga la précède dans le couloir, fébrile, lèvres brûlées, voudrait savoir si elle a parlé au docteur de la lettre. Mais Frau Geertrui aussitôt demande – une nouvelle fois – à revoir Jürgen. Elle ne pleure pas mais, égarée de douleur, supplie de lui rendre le corps de Jürgen, son premier-né, car elle veut pour lui une tombe. Helga lui souffle qu'elles parleront à l'extérieur, elle va l'accompagner jusqu'à l'*Herberge*, l'auberge de Steinhöring. L'autre alors se met à crier – de nouveau – qu'elle n'en peut plus des murmures et des demi-mots et du silence. Qu'on lui ment, qu'on lui a tué son enfant, elle veut son enfant et la vérité. « La vérité, Schwester ! » Pourquoi ne pas lui rendre son enfant, au moins ses restes. Heureusement, toutes les pensionnaires sont montées déjà, Helga ouvre la porte d'entrée sur la fraîcheur de la nuit tombée.

Elle ne s'était pas posé la question elle-même. En cas de problème, jamais on ne revoyait les mères, elles ne demandaient de comptes à personne. Elles avaient honte, et tellement hâte de cacher le malheur qui leur était arrivé, que personne ne se demandait si elles souffraient. Les graviers crissent. Une chouette hulule.

Helga a l'index posé sur sa bouche : « Que vous a dit le docteur. » Sans doute est-il le seul, au Heim, à savoir vraiment.

« Que le corps doit rester à l'hôpital, pour l'autopsie ; Jürgen souffrait d'une anomalie congénitale, il faut l'étudier, dans l'intérêt du Peuple allemand. Que c'est la procédure et que, dans ces cas-là, les corps ne sont pas rendus à la famille. »

Schwester Helga fait signe au soldat SS dans la guérite, qui au vu de l'uniforme marron les laisse passer, *Heil Hitler !* La Münchener Strasse est déserte.

Ensuite le docteur a sorti son dossier et pris la copie de son *Ahnenpass*[1]. Et il a enchaîné sur des questions, celles qu'il lui avait déjà posées avant son admission au Heim, puis une nouvelle fois après le diagnostic de Jürgen, toujours la même liste, mais avec une insistance particulière. En commençant par les frères et les sœurs, y a-t-il eu dans la famille des cas de maladies mentales, d'idiotie, de malformation congénitale. Il a demandé et noté (une fois de plus) chaque nom, interrogé chaque détail, leur aspect physique, leur parcours scolaire, leur caractère et même leur vécu religieux. S'est attardé longuement sur les parents, puis les oncles et tantes, cousins, cousines. Est passé à la génération antérieure. S'est enquis des histoires, dans la famille, des membres un peu étranges, ou même juste originaux – en la regardant attentivement, comme pour lire dans ses yeux et son attitude, et percer un secret honteux.

Cherchant dans ses souvenirs, Frau Geertrui a pensé à une grand-tante, une vieille fille un peu excentrique qui riait beaucoup, à une petite-cousine dont les mœurs légères avaient à l'époque scandalisé le village, à un arrière-grand-père alcoolique. Elle s'est décidée pour celui-ci, le docteur Ebner a aussitôt pris note :

« Vous ne m'aviez pas parlé de lui, Frau Geertrui », un ton de reproche bienveillant.

« Je n'y pensais pas, Herr Doktor. »

Il a posé davantage de questions, l'âge de sa mort, les

1. « Passeport des ancêtres », certifiant qu'on appartenait au peuple allemand depuis quatre générations au moins.

circonstances. Elle ne se rappelait pas bien, « À peu près quarante ans. Je crois », a ajouté, « Je ne sais pas exactement, il faudrait que je demande à maman ». Sa mère qui ne savait rien, ni que Jürgen était né, ni qu'il était mort. Et tout de suite Geertrui a regretté d'avoir évoqué cet aïeul, a repensé au beau petit visage paisible de Jürgen, quel rapport. Mais le docteur griffonnait plus vite : ce grand-père, connaissait-elle sa taille, son poids approximatifs, a-t-on gardé de lui des photographies ? Elle a répété qu'elle ne savait pas. À chaque question un peu plus coupable de ne pas savoir, persuadée de cacher quelque chose qui lui échappait. Puis il l'a interrogée sur sa propre consommation de boissons alcoolisées. S'il lui est arrivé de boire étant enceinte. Elle a hésité, puis « Non, non », s'est alors rappelé avec terreur que parfois elle buvait du cidre au déjeuner, a décidé de se taire. Mais le révèle à Helga, à voix basse, l'air terrorisé, « Parfois je buvais de l'*Apfelwein*, Schwester, vous pensez que c'est ça ? ». Elles s'arrêtent devant l'auberge, rez-de-chaussée éclairé, étage obscur.

Mais au docteur elle n'a pas dit un mot sur l'*Apfelwein*, tout en s'efforçant de répondre, brutalement docile, elle qui était venue pour poser des questions. Anesthésiée, presque assommée, par les mots inquisiteurs qui se répétaient, par ces noms de parents et d'ancêtres vaguement familiers, de plus en plus lointains, de moins en moins connus. Elle écoutait le docteur remonter ainsi, génération après génération, jusqu'en 1800. Je ne sais pas, docteur. Je ne sais pas. Je ne sais pas. Je ne sais pas. Je ne sais pas. Je ne sais pas. Je ne sais pas. Toujours la même réponse, et sa voix s'amenuisait, perdait sa franchise. Une criminelle à qui on voulait faire avouer. Il ne lui a fait grâce d'aucun de ces noms déjà égrenés le jour où il a diagnostiqué Jürgen. Elle répondait dans une sorte de brouillard. Elle ne sait pas et elle s'en moque, elle ne pense qu'à son petit, avec le cœur qui bat vite. Elle regarde Helga avec intensité, pourquoi donc a-t-elle répondu sans broncher, avec cette voix de plus en plus maigre, un filet de voix, elle se le demande. Cet interrogatoire lui donnait l'impression qu'on s'occupait d'elle peut-être, qu'on s'occupait de Jürgen. Elle a fini par comprendre tout de même, que quelque chose chez elle ne tourne pas rond, quelque chose dans son ventre ou dans sa tête est mal fait. En elle quelque chose a abîmé Jürgen. Helga se tait. A envie de lui dire, à son tour, qu'elle ne sait pas.

Frau Geertrui dit que vers 1800 elle avait seize aïeux identifiés, avec dates de naissance et de mort et les lieux, et tous allemands et tous aryens. Elle dit, « des noms qu'il y a quelques mois je ne connaissais pas, et que maintenant on me répète, comme des reproches. C'est comme s'ils sortaient de leur tombe pour me crier que mon ventre et ma tête fonctionnent mal. Ou pour m'entraîner dans la tombe avec eux ».

Le docteur prenait des notes, avec un sourire et des hochements de tête bienveillants. Comme s'il s'agissait d'une banale consultation, il lui a prescrit des gouttes, de la camomille pour ses nerfs. Et aussi, il aimerait qu'elle consulte un confrère, pour le suivi, et il lui a donné une lettre de recommandation.

Helga recule d'un pas, comme pour partir, mais Frau Geertrui lui prend les mains et lui dit, merci, merci. Lui dit qu'elle l'aime d'avoir connu Jürgen. Peut-être pourrait-elle intervenir en sa faveur, parler à ce professeur Hans Heinze. Helga ne répond pas. Elle ne connaît pas le *Professor Heinze* dont elle sait seulement, par le docteur Ebner, que c'est un spécialiste éminent. Une camarade qui était à l'école d'infirmière avec elle travaille sous ses ordres et en dit beaucoup de bien. Helga n'en parle pas, se contente de lui dire quelques mots doux sur Jürgen, lui apprend la petite berceuse qu'elle lui a chantée quelquefois, les premiers jours, dans la salle des nouveau-nés.

« Quel bonheur » dit alors Frau Geertrui en pleurant. Quel bonheur c'était de savoir Jürgen à la nurserie, vivant, beau et parfait et pas loin d'elle. Tout allait bien. Tout allait si bien. Elle pensait alors le ramener bientôt à la maison, elle allait se marier au Heim avec son fiancé puis rentrer avec leur petit garçon. « Quel bonheur », répète-t-elle avec un sanglot, « C'étaient les plus beaux jours de ma vie », et elle ne se rappelle pas que ces jours-là elle ne faisait que pleurer, au point qu'on avait dû la changer de chambre. Sa main est moite, agrippée. Helga n'ose pas dégager ses propres doigts. Elle cherche à lui dire quelque chose qui la consolera et la fera partir, ne trouve rien. Pour qu'elle parte, elle finit par lui dire qu'elle se renseignera, sur le corps, mais qu'il faut se préparer à ne pas le voir revenir. Geertrui a la voix grelottante :
« Oh merci Schwester, merci, merci. » L'autre déglutit, mal à l'aise.

« Je vous en prie, Frau Geertrui. Faites attention à vous. » Geertrui lui jette un regard mouillé, plein d'espoir, comme si l'infirmière lui sauvait la vie. Puis elle entre dans l'auberge, et Helga retourne au Heim à pas rapides, inquiète d'être restée dehors si longtemps, inquiète que le docteur ne le remarque, inquiète, inquiète et coupable.

JOURNAL DE SCHWESTER HELGA

Heim Hochland, 27 octobre 1944

Journée terrible. Retour de Frau Geertrui, qui veut à tout prix récupérer le corps de son enfant mort. Quelle erreur, se donner ainsi en spectacle devant tout le Heim. N'a-t-elle donc vraiment plus rien à perdre ? Elle me fait affreusement pitié.

Seul point de lumière, la lettre de maman, datée de lundi 23, qui m'écrit que papa est exempté de partir au combat, les agriculteurs de son âge étant censés rester aux champs. Elle suppose, même si papa n'en a rien dit, que l'examinateur a dû s'apercevoir aussi qu'il voyait très mal, de plus en plus mal. Il est renfrogné et particulièrement taiseux depuis l'examen. Quant à maman, elle peine à cacher son soulagement.

LETTRE DE SCHWESTER HELGA
À SCHWESTER JUTTA,
HÔPITAL DE BRANDENBURG-GÖRDEN

27 octobre 1944

Liebe Jutta,

Comment vas-tu ? Je t'écris toujours depuis le Heim Hochland, déjà plus d'un an que j'y suis ! C'est une chance de pouvoir travailler ici, dans un cadre idyllique.

J'ai une question un peu délicate à te poser. As-tu suivi le dossier du jeune Jürgen Weiss de notre foyer ? Le docteur Ebner soupçonnait une maladie congénitale et vous l'a envoyé. Sa mère, une de nos pensionnaires, est très affectée de sa disparition. Elle aimerait enterrer le corps. Je me doute que la demande est inhabituelle, peut-être même déplacée. Mais toi et moi avons tant rêvé, quand nous étions aux études, d'un monde meilleur, dans lequel le Peuple allemand retrouverait sa vraie place. Sais-tu que j'ai rencontré notre merveilleux Reichsführer à l'occasion d'une Bénédiction du Nom en septembre, j'espère pouvoir te raconter ça un jour.

Penses-tu que les restes de l'enfant pourraient être rendus à la patiente ?

Et toi, que deviens-tu ? J'espère avoir de tes nouvelles bientôt.
Je t'embrasse,
Heil Hitler,

Helga

JOURNAL DE SCHWESTER HELGA

Heim Hochland, 28 octobre 1944

Frau Geertrui a dû parler de moi. Je ne peux m'expliquer autrement le changement d'attitude du docteur. Il ne m'a rien dit, mais ce matin il m'a demandé, en souriant, comment j'allais, et ce n'était pas seulement de l'inquiétude pour mon bien-être et ma santé. M'a demandé aussi si j'aimais mon métier. Si j'étais heureuse de travailler ici, avec les enfants et les mères, alors que ce sont des sujets dont nous avons déjà si souvent parlé. Et comme par hasard, le lendemain du jour où Frau Geertrui est revenue ici, à grand fracas. Ou alors c'est mon visage, qui trahit ma fatigue. Je suis tellement fatiguée, depuis la carte postale de Brandenburg-Görden.

Après quoi, il a commencé à me dicter un rapport, à ajouter au dossier de Frau Geertrui. Il la décrit comme un sujet instable, à ascendant alcoolique. Sans doute à tendance (et ce mot m'a fait trembler!) maniaco-dépressive. Il la réfère au docteur Schmidt, à Ingolstadt, pour un bilan approfondi.

Je m'en veux, de tant de faiblesse. Ce petit Jürgen allait pourtant devenir un de ces enfants que leur esprit malade rend difformes. Était-il seulement viable? Pour tous, y compris sa mère, cette mort miséricordieuse, rapide et sans souffrance, est une bonne chose. Bien sûr, il était joli (mais pour combien de temps) et son visage ne révélait rien d'inquiétant (encore), mais je l'ai vu de mes yeux, il n'était pas normal, il avait du mal à s'alimenter, son corps était mou comme celui d'une poupée de chiffon. Je suppose qu'à Brandenburg-Görden, on l'a longuement examiné. Je me dis, et, ce point-là m'est étrangement difficile, que sans doute ils l'examinent encore. Peut-être valait-il mieux que ce pauvre petit meure, mais il aurait fallu rendre son corps à sa mère, elle souffre tellement. Et en même temps, j'en veux, maintenant, à Frau Geertrui de s'être ainsi donnée en spectacle, elle souffre, certes, mais quelle bêtise de s'attirer autant d'ennuis supplémentaires pour rien. Diagnostiquée à tendance maniaco-dépressive, sait-elle seulement ce que ça signifie et quelles peuvent être les conséquences. Oui, c'est de la colère, maintenant, que je ressens. Tant pis pour Frau Geertrui. Il fallait souffrir en silence.

Jürgen n'était pas viable.

Renée

Dans l'élan vers la liberté, il y a de la jubilation, toujours. Renée avait déjà senti un peu de cette joie brutale au moment d'embarquer dans le train vers l'Allemagne, comme si le simple fait de s'éloigner résolvait le problème, comme si fuir supprimait ce qu'elle fuyait. Il y a toujours de la joie à avancer, même sans savoir où on va. Elle quitte le Heim par le sentier qui contourne l'étang. Et ce chemin elle le quitte à son tour à l'endroit où elle en dévie d'habitude. Cette fois elle ne dépose pas de pain sur la pierre. Elle garde dans la poche de sa robe et enveloppée dans une serviette une grosse tranche beurrée, croustillante, à la mie tendre. L'odeur du pain frais embaume à travers le tissu. Pardon, murmure-t-elle, en dépassant la grande caisse de bois sans rien laisser.

Au lieu de retourner sur le sentier, comme les autres jours, elle traverse le bosquet, passe à travers champ, et le soleil verse une lumière blanche sur sa peau, pas une ombre. Elle a une main en visière au-dessus de ses yeux, voit à peine. Marche à pas légers dans un sillon en essayant de ne pas abîmer les cultures et de ne pas laisser de traces. De temps en temps, un regard du côté du Heim, où rien ne bouge. Sa démarche est lente, son cœur bat vite. Est-ce encore de l'excitation, déjà de l'inquiétude ? Longe le domaine sur cinq cents mètres. De là, regagne la Münchener Strasse, rue de Munich. Ensuite, toujours tout droit. Bientôt midi, elle presse le pas.

Elle marche une heure environ. D'un croisement arrive une charrette tirée par un cheval de labour. Un vieux paysan est assis à l'avant, « *Grüss Gott* », des touffes blond sale dépassent d'une casquette marron, il a la peau rougeaude comme d'un coup de soleil. Elle le salue d'un mouvement de tête. Comprend, dans la phrase qu'il lui crie, le mot *München* et elle répond « *Ja* ». D'une main, il lui fait signe de monter à l'arrière. Elle grimpe comme un chat, s'assied contre de grands sacs de jute qui sentent la pomme et entre des corbeilles remplies de choux. La lumière la déborde, lui remplit les yeux et la tête, elle plisse les paupières. Aveugle, s'abrite le visage des mains, rouvre tout petit son regard. La chaleur, exceptionnelle pour la saison, lui fait fondre les pupilles, lui chauffe le blanc des os, elle lève un peu sa jupe pour sentir de plus près le soleil sur ses chevilles, et sur ses pieds à travers le cuir des chaussures. Elle brûle. Ballottée légèrement dans la charrette. Respire.

Et c'est pendant ce moment où elle ne pense à rien, où elle est emmenée, tout entière au ciel, à la trop grande lumière, qu'elle commence à respirer moins bien. Comme une gêne, comme si sa poitrine la serrait. Mais en réalité rien ne serre, rien ne gêne, sinon l'idée qu'elle n'a nulle part où aller. Qu'elle a perdu l'unique endroit au monde où on voulait encore d'elle. Elle se rappelle avec souffrance son voyage vers Paris et Lamorlaye, la faim, la peur, et comme elle se sentait nue sans ses cheveux, nue et perdue, le crâne mal dissimulé sous un fichu qui n'était rien de plus qu'un fragment de chemise d'homme. Et le soir, elle avait dormi dans une gare, cachée dans une ombre, à sursauter au moindre bruit, à grelotter malgré l'été. Dans le bas de son dos, les secousses du chemin, dans sa moelle chaque pierre sous les roues. Elle repense aux cahots de la charrette où on l'a promenée à travers Esquay-Notre-Dame, et espère que l'Allemagne reprendra cette ville, la bombardera et que d'elle il ne restera rien, des pierres effondrées, de la poussière, et que cette poussière la mangeront les hommes et les femmes qui l'ont tondue telle une brebis au printemps. Le petit visage de Renée est crispé, comme un coup qu'elle peine à retenir, et ce n'est pas le soleil qui le froisse, même pas la douleur.

L'Allemagne est sa seule chance. À mesure qu'elle s'éloigne, sa colère fond et son angoisse augmente. N'est-elle pas une enfant impatiente. Artur n'a-t-il pas toutes les excuses. L'idée qu'il pourrait être blessé ou mort la fait grimacer. Il est vivant vivant vivant, et il lui en voudra, de s'enfuir ainsi, et d'être folle, folle, à le chercher partout où il n'est pas. Il faut l'attendre.

Elle est maintenant collée contre le sac qui lui râpe le dos à travers les vêtements. Frileuse, une sensation de froid comme un début de fièvre. La forte odeur des pommes et des choux, dilatée par la chaleur, lui tourne le cœur. Sans doute les cahots ont-ils crevé des fruits, flétri et cassé des feuilles et révélé leur liquide végétal et nauséabond, déjà en train de fermenter.

Elle saute de la charrette en marche, crie « *Grüss Gott* ». Le vieux attrape alors une pomme dans un sac derrière lui et la lui jette, « *Grüss Gott, mein Kind* ». Elle mord dedans, plisse les yeux, le fruit est acide. Lui revient le goût des pommes vertes grosses comme des cailloux, tout en peau et dures, qu'elle ramassait enfant, elle se rendait malade à les grignoter, elle se sent nauséeuse, l'odeur des choux trop faits encore dans les narines. Elle regarde la Münchener Strasse qu'il faut reprendre en sens inverse, une demi-heure au moins, une heure peut-être avant de regagner les champs à l'arrière du Heim. Elle soupire. Marche.

Éblouie par le large chemin, sec, sableux, qui réfléchit la lumière. Les chaussures poudrées de gris. La robe claire aussi commence déjà à souffrir. Passe un véhicule militaire, Renée s'écarte du chemin et se détourne, inquiète. Presse le pas.

À hauteur des premières maisons du village, elle bifurque, quitte le chemin pour passer à travers champs. Elle tombe sur trois femmes en train de semer, une jeune, deux plus âgées. Elles s'immobilisent et se tournent vers Renée. Une des vieilles, cheveux foin, grande carcasse presque masculine, se met à parler haut, en s'adressant à elle. Elle comprend *Hunger*, faim, comprend *Hure*, pute, et comprend *Heim*. Comprend qu'elle n'a pas le droit d'être ici, au milieu de ce champ. Renée accélère pour les dépasser. La femme qui vient de parler lâche le pan de son tablier, les grains tombent sur le sol avec un bruit de pluie. Elle saisit par le bras Renée. Qui la repousse vivement. Les deux autres s'approchent. La première agrippe de nouveau Renée et se met à lui crier dessus, les mêmes mots reviennent toujours, Renée se débat. La femme lui donne un coup dans le visage avec le plat de la main. Renée plus petite et menue mais plus rapide rend le coup. Les paysannes y vont alors avec les pieds et les poings, la plus jeune braille des choses incompréhensibles mais douloureuses et Renée déséquilibrée est au sol, recroquevillée.

Soudain, l'une crie, «*Achtung*», attention, et toutes disparaissent, envolées comme des oiseaux pillards, Renée toujours par terre n'entend même plus le bruit de leurs pas. C'est un soldat qui la relève, sur la route il y a le véhicule militaire arrêté, celui qu'elle avait vu passer un peu plus tôt. Son camarade dont elle ne voit que le dos court vers la ferme proche, sans doute pour essayer de retrouver les paysannes.

Le soldat veut l'aider à marcher, et Renée se laisse faire, s'appuie sur lui. Il lui parle, elle ne répond pas. L'homme est jeune, visage noueux, elle sent ses muscles au travers de la veste, il a une odeur de mousse à raser qui la fait s'affaisser davantage contre lui. Il la rattrape à bras-le-corps, elle sent la main du garçon passer sur son dos, frôler le côté de ses seins et quand il la redresse, son haleine, un léger parfum de tabac. Il effleure sa lèvre qui saigne. Il lui parle, elle ne comprend rien, que la vibration de la cage thoracique du jeune homme à chacun de ses mots, son souffle et même le battement de son cœur. Elle a mal partout et elle voudrait rester là, toujours, dans ses bras. Elle enfouit son visage dans la veste du soldat. Elle ferme les yeux, elle pleure.

Marek

Aujourd'hui, il n'y a rien, que de l'herbe, et là-haut un ciel vide. D'un bleu qui fait mal. Il est arrivé plus tard que d'habitude, trop tard ? Rien à disputer aux corbeaux, un jour l'un des oiseaux s'est jeté sur lui, mais il s'est moins protégé les yeux qu'il n'a protégé le pain entamé. Aujourd'hui, de l'herbe et pas une miette. Il peine à ouvrir le couvercle de bois, les courbatures lui cassent les doigts, tout de suite il sent monter la chaleur tendre de la décomposition. Cette odeur sucrée de pourriture et d'humus, de terre pas encore faite. À la surface, des épluchures et des insectes courent, des cancrelats, des cloportes. Il prend les pelures, les époussette de ses doigts, en fourre deux pleines poignées dans ses poches. Replonge les mains dans la caisse de bois, se ressert, époussette, enfonce dans sa bouche, une grosse poignée, presque un poing, et engloutit, en se remettant à marcher vite. Il avale les débris végétaux presque sans mâcher, les avale comme s'il les buvait. D'ailleurs, il crève aussi de soif. Il a les yeux partout et trop ouverts et ne pas ciller lui permet de voir mieux, et de voir venir de plus loin le danger. Engouffre dans sa bouche les épluchures qu'il gardait encore dans sa main droite, un fragment de trognon tombe par terre, il s'en aperçoit à regret, mais ne ramasse pas, le voilà qui court presque. Un goût de terre et de fruit et de moisissure, une consistance à la fois trop molle et fibreuse, il a un haut-le-cœur mais il en voudrait davantage.

Il arrive à une dalle de béton rectangulaire, surmontée du squelette d'une gigantesque baraque. À côté, des tas de planches de pin. Un prisonnier est en train d'en scier une qu'il a posée sur deux tréteaux. Il lève le regard sur l'homme qui revient, le baisse, n'a rien vu. D'autres travaillent à la structure d'une paroi. Il essaie de contrôler sa respiration précipitée, arrête de mâcher alors qu'il a toujours la bouche pleine. Il s'empare de plusieurs planches, trop de planches, pour montrer qu'il n'est jamais parti, qu'il travaille et vite, sa nervosité augmente ses forces, il dépose le bois auprès de la structure, puis prend une boîte de clous et un marteau. Se met au travail. Il se sent un peu mieux depuis qu'il est accroupi, à cogner, concentré jusqu'au vertige. Il en fait trop pour cacher qu'il en a fait moins que les autres. Le jeune SS qui les garde n'est pas encore de retour, les autres prisonniers ne diront rien, mais il faut au plus vite faire disparaître toute trace de la fugue et tout retard dans le travail. Logiquement, son absence ne peut avoir duré plus de quelques minutes mais dans sa perception, elles sont dilatées comme des heures. Il suce des fragments végétaux qu'il a toujours dans la bouche. Ça le calme. Ce qu'il sent contre ses dents et sa langue doit être une tige, de pomme peut-être, il la broie lentement entre ses molaires en bougeant à peine la mâchoire inférieure, de gauche à droite. Dans cette tige, il doit bien se trouver quelque chose qui nourrisse, de la sève peut-être, et qui sauve. Il transpire encore, mais il a les mains gelées. Il avale la tige.

Un long moment, elle lui reste en travers de la gorge. De temps en temps, il sort de sa poche une épluchure et l'enfourne. Ça calme aussi la sensation de soif. Il a mal au ventre, une douleur en pointe, la faim sans doute, ou les épluchures crues, qui sont dures sur l'estomac. L'odeur du béton frais et de la sciure de bois le prend maintenant au cœur, à peine s'il sent encore le goût de terre et de métal qu'il continue à mâchonner à vide.

Il entend une voix crier « *Verdammt!* », Nom de Dieu, mais ne lève pas les yeux. Il essaie juste d'accélérer le rythme. La baraque qu'ils sont en train de construire fait, comme celles qu'ils ont déjà achevées, douze mètres et demi sur quarante-deux et demi. Deux baraques destinées aux archives et à l'économat étaient déjà montées avant son arrivée, et depuis ils en ont construit trois autres pour le Heim, trois restent à faire : au printemps, il doit y en avoir huit au total, c'est ce que leur a expliqué Sauter.

Il connaît bien celle déjà achevée où on stocke le linge. Où régulièrement il leur faut porter des chargements depuis la gare. Pas seulement des vêtements, mais aussi des produits d'hygiène, des pansements. Des meubles pour enfants. À Pierre, il en parle comme du « vestiaire des femmes mortes », depuis qu'il a trouvé cette lettre dans un manteau. Une lettre du ghetto de Sosnowiec, datée du 21 juin 1943 et signée Jana.

Ma chère petite maman,

Je t'adresse un mot rapide, car demain nous partons travailler en Allemagne et il me faut préparer les affaires. Nous n'avons droit qu'à une seule valise! Je ne sais que choisir, cela fait deux jours que je n'en dors pas. Il y a l'angoisse aussi. Pour emporter plus, je vais m'habiller de plusieurs couches de vêtements : en juin! Et ta belle fourrure en zibeline dont je ne veux pas me séparer, jamais, elle me porte bonheur. Même si je dois mourir de chaud, je la garderai sur moi car dans ma valise elle prendrait toute la place. J'ai déjà cousu mes bijoux dans la robe que je compte mettre demain, une robe trop jolie pour voyager, la bleue en soie sauvage, tu sais laquelle. Nous avons déjà perdu tant de choses, combien devrons-nous en perdre encore? Nous aurions dû t'écouter, maman, et partir avec toi à Genève. Comme tu me manques, ça fait si longtemps que nous sommes sans nouvelles.

Józef dit que j'ai tort d'avoir peur; que puisque nous n'avons rien fait, il ne peut rien nous arriver. Ce qui est vrai, c'est que les choses ne peuvent que s'améliorer par rapport au ghetto. Je le quitte sans regret, mais je n'arrive pas au bout de mes bagages! Je retourne à nos deux valises, je les ai faites, défaites, refaites d'innombrables fois depuis hier! Tu me gronderais si tu me voyais.

Demain j'aurai une adresse à écrire au verso de l'enveloppe et t'enverrai ma lettre dès mon arrivée.

Je t'embrasse bien fort!

Jana

Au verso de l'enveloppe, il n'y a pas d'adresse.

Jana. Seule reste d'elle cette lettre jamais envoyée, oubliée ou laissée dans le manteau arraché, volé, perdu. Et cette fourrure qui perd son pelage. Où est Jana ? Il a dissimulé la lettre près de la caisse en bois, entre deux grosses pierres qu'il a empilées, et qui devraient la protéger de l'humidité. Leur dortoir est régulièrement fouillé. Et il faut que cette lettre arrive à destination. Parvienne à madame Kowalczyk à Genève.

La bouche de Marek est vide, ses poches aussi, il suce l'intérieur de ses joues, il lui reste sur la langue un goût de terre, de végétal déjà à moitié digéré par la vermine.

Où est Wanda ?

Helga

Brandenburg-Görden, 4 novembre 1944

Liebe Helga,

Que je suis heureuse d'avoir de tes nouvelles, mais tu m'en donnes bien peu dans ta dernière lettre, elle est si brève ! Raconte-moi tout sur notre Heim Hochland, une de mes amies qui y a accouché il y a quelques mois, Elsa Widerin, m'en avait envoyé une carte postale qui fait rêver ! Je l'ai affichée à Görden dans ma chambre d'interne. Sais-tu que j'aimerais être mutée dans un de nos foyers ? Malheureusement, je ne pense pas avoir cette possibilité dans l'immédiat.

Je me souviens très bien de l'enfant de ta pensionnaire, Jürgen Weiss. Il montrait de nombreux signes de dégénérescence, le professeur Heinze l'a réceptionné lui-même à son arrivée et l'a étudié pendant près d'une semaine. Et c'est moi qui ai assisté le patient pendant la Desinfektion miséricordieuse. Sois tranquille, en lui faisant boire le remède, je l'ai tenu dans mes bras avec beaucoup de soin et même de tendresse. Je les tiens toujours ainsi à ce moment-là. Et tu sais qu'avec la morphine il n'a pas souffert. Aucune de nous ne veut qu'ils souffrent inutilement. Mais tu sais aussi ce qu'il serait devenu. Pense à la tristesse de sa mère s'il avait grandi. Quant à son corps, il est depuis longtemps dans le laboratoire de l'hôpital, sans doute n'en reste-t-il déjà rien, rien de distinct en tout cas. Je n'y ai pas accès, de toute façon.

Et ta demande est inhabituelle. En as-tu au moins informé le docteur Ebner ? Je t'en prie, liebe Helga, pas de faiblesse coupable. Mais moi aussi, je me souviens de nos années à l'école d'infirmière et plus encore du temps passé ensemble dans la Bund Deutscher Mädel, sais-tu qu'il m'arrive toujours de chantonner ce que nous chantions autour du feu de camp ? Et en danses folkloriques, nous étions les meilleures, aucune autre Mädel ne nous arrivait à la cheville, même si tu étais encore plus gracieuse que moi.

Il est mieux ainsi, mort bébé, et de façon que sa mère garde de lui le souvenir d'un beau petit garçon, et non du monstre qu'il serait devenu. Et bientôt il n'en naîtra plus de ces enfants, tu sais comme moi qu'il suffit de quelques générations pour que notre race soit de nouveau rein, *pure. Dis à ta pensionnaire d'oublier au plus vite et de faire, si elle le peut, d'autres enfants gültig, valables, pour la gloire de notre Reich.*

Viele Grüsse und immer,
Heil Hitler !

Deine Jutta

Heim Hochland, Steinhöring, 8 novembre 1944

Liebe Frau Geertrui,

Après avoir effectué la démarche que je vous ai promise, je regrette de devoir vous apprendre que le corps de Jürgen ne peut pas vous être rendu. Sans doute est-ce mieux ainsi. Il faut garder le moins de traces possibles du malheur qui vous est arrivé. Vous êtes jeune et il vaut mieux considérer que tout ceci n'est pas arrivé ou pas vraiment.

Je vous souhaite beaucoup de courage.
Heil Hitler!

Helga

Renée

Il la porte comme une femme évanouie ou une jeune mariée ; elle a les yeux fermés et une main posée près du cou de l'homme, sent la chaleur de sa peau passer à travers sa veste, qui se mêle à la tiédeur de sa robe à elle. Elle ne les ouvre pas quand elle entend la voix du docteur, des bras l'entourent, la soulèvent, l'allongent sur la table d'examen. Elle s'accroche à la manche du soldat, le regarde. Lâche.

Il quitte la pièce sans un regard ni un mot pour elle, juste un « *Heil Hitler !* » à l'adresse du docteur.

Elle est seule de nouveau. Elle respire mal, sa gorge est saturée, l'air n'y entre plus qu'à peine, se coince sans parvenir à ses poumons devenus minuscules. Jusqu'au sternum son ventre prend maintenant toute la place, elle s'y trouve enfermée tout entière, il n'y a plus d'issue. Elle sent alors une contraction douloureuse qui la plie en deux sur un utérus dur comme une pierre.

Une main posée sur son bas-ventre, la voix du docteur en français, « Vous inspirez, l'air descend jusqu'à ma main, vous expirez, encore, inspirez, jusqu'à ma main, expirez ». La douleur reflue lentement, son utérus devient moins dur, elle respire. Ouvre les yeux. Plafond blanc, tout neuf, une brèche qui lézarde. Il dit quelque chose en allemand, à l'infirmière, l'Oberschwester Margot, qui alors s'approche et se met à déboutonner sa robe avec brutalité, des yeux colère, une ombre de moustache.

Dans l'encadrement de la porte apparaît Schwester Helga, mais le docteur lui fait signe qu'il n'a pas besoin d'elle. Renée aurait tant aimé qu'elle reste, elle aurait moins peur. La semaine dernière lors de la soirée de danses folkloriques, elle avait montré un pas normand à la jeune Allemande, qui s'était gracieusement pliée à l'exercice, elles avaient ri ensemble. Elle regarde la porte fermée sur celle que, dans sa grande solitude, elle considère comme une amie.

Le docteur passe son stéthoscope juste en dessous de son nombril. Elle comprend dans la phrase « *Kind* », enfant, et « *gut* », bien. Elle sait que le cœur du bébé bat très vite, presque une vibration. Il y a quelques jours, elle a même senti à hauteur de son ventre un mouvement sous sa paume, une petite vague, « celle des débuts » lui a dit Frau Inge. Du bout des doigts, elle frôle son œil gonflé, sa lèvre fendue qui saigne toujours.

Schwester Margot prend un flacon, du coton qu'elle imbibe et le passe avec brusquerie sur ses plaies, ses jambes, sa lèvre en appuyant fort, Renée laisse échapper un cri minuscule, de douleur et de surprise. *Elle le fait exprès.* L'infirmière passe alors le coton sur le côté de l'œil au beurre noir et aussitôt Renée se le couvre des deux mains, il est en feu comme si on y avait jeté de l'acide. Elle ne crie pas, se tient l'œil, elle ne verra plus jamais. Elle se tortille sur la table d'examen, en serrant les dents.

La porte s'ouvre. Elle a tellement mal qu'elle ne regarde pas tout de suite l'homme en uniforme.

« *Guten Abend*, Max, dit le docteur.

— *Guten Abend*, Herr Sollmann », dit l'infirmière.

Il salue à son tour Schwester Margot et le docteur qu'il appelle Gregor. Renée l'a déjà vu lors de la cérémonie, cheveux sombres peignés en arrière, la quarantaine, elle a entendu des pensionnaires l'appeler « *der schöne Max* », le beau Max.

Il se tourne vers Renée qui par réflexe se redresse tout en se tenant l'œil, elle transpire de douleur, elle n'est plus rien que cet œil aveugle et brûlé.

« Pourquoi êtes-vous sortie du Heim ? », dans un français parfait.

« Je me promenais. » Une voix maigre, petite.

Renée sait bien qu'elle n'a pas le droit de sortir de l'enceinte du domaine.

Il sort alors une enveloppe d'un dossier qu'il tient sous le bras :

« D'où vient cette lettre ? »

Renée plisse les yeux, n'ose y croire :

« C'est une lettre d'Artur Feuerbach ?

— C'est la lettre d'une Juive polonaise. Quels sont vos liens avec elle ? »

Pas de réponse, il reprend :

« C'est votre voisine de chambre qui a trouvé cette lettre cachée entre deux pierres à un endroit où, dit-elle, vous passez plusieurs fois par jour, au fond du parc, près du compost. Elle assure que vous avez un comportement suspect. »

Il la regarde un instant. Pas de réponse, il poursuit :

« Qui voyez-vous, à cet endroit ?

— Je ne vois personne. Personne. Je me promène, c'est tout. » Elle crie presque.

Max Sollmann se tourne alors vers le docteur. Renée ne comprend rien, que le mot « *Französin* », Française. Le docteur répond, et elle comprend le mot « *isolieren* », isoler. Puis Sollmann sort et l'Oberschwester s'adresse au docteur, une voix aigre, cette fois elle distingue « *Spion* ». Espionne ? Renée se raidit. Elle se tourne sur le côté comme si cette position lui permettrait d'avoir moins mal. *Il ne faut pas que je crie sinon ils me croiront coupable.* Elle se serre les jambes, tortille des pieds pour évacuer la douleur. Elle n'ose pas essayer d'ouvrir son œil blessé, tant elle a peur de l'avoir perdu, il pleure et pleure, tandis que le droit reste sec. *Que feront les Allemands d'une espionne française en temps de guerre ?*

Marek

Pas de pain. Plus de lettre. La lettre a disparu. Pourtant cachée entre deux pierres. Dans quelles mains est-elle tombée. Qui a bien pu voir que ces pierres avaient été déplacées. Il regarde autour de lui, personne.

Ouvre la caisse de bois comme si la missive perdue allait s'y trouver. Alentour, il donne quelques coups de pied dans les feuilles sèches au sol. Elles s'éparpillent dorées, rouges, marron, mortes. Noires bientôt. Noires noires noires, terre, boue. Il soulève d'autres pierres à d'autres endroits et rien. Et il est tard, il n'a rien à faire ici. S'il reçoit d'autres coups de Sauter il n'y survivra pas, si de nouveau le feu entre dans ses plaies, il entrera à son tour dans la mort. Il faut garder le dos fermé. Le cœur étroit.

Il faut courir, courir, courir.

Oh cette lettre.

Cette lettre. D'une disparue pour une exilée. À quoi bon.

Comme il s'y accrochait pourtant. À l'idée de la faire parvenir entre les mains de sa destinataire.

Il essaie de se rappeler. Le nom. L'adresse. Genève. Rue des. Le nom de la rue, mon Dieu. La fille s'appelait Jana.

Il tente de se remémorer la lettre, mais ne voit que la fourrure se décomposant entre ses doigts.

Il veut retrouver les mots, les mots exacts, car les phrases se défont dans son souvenir. Ma petite maman. La femme brune aux cheveux infinis commençait ainsi, comme une fillette, ma petite maman. Il pense alors soudain à sa propre mère, maman, oh maman si tu me voyais, et il a les larmes qui montent alors que ça fait des années qu'il ne pleure plus, ce sont des larmes anciennes, qu'il a retenues enfant. Que mettre, dans cette toute petite valise, nous n'avons droit qu'à une seule valise pour partir travailler en Allemagne. Cette zibeline porte-bonheur que je porterai sur moi demain avec d'autres couches de vêtements, jamais je ne me séparerai de cette fourrure que tu m'as offerte. Mais à elle seule elle suffirait à remplir la valise tout entière. Je n'en dors pas, de faire cette valise et de devoir laisser tout le reste derrière. Mes jolies robes. Toutes mes jolies choses. Nous avons déjà tant perdu, que perdrons-nous encore ? Józef dit que nous n'avons rien à craindre, puisque nous sommes innocents.

Mais nous aurions dû t'écouter. Te suivre. Être avec toi. Être ensemble.

Nous avions le choix.

J'avais le choix. J'avais le choix. Oh mon Dieu.

Il dit à mi-voix, Wanda, mais il ne pense même pas à elle tant elle est loin.

Helga

Lundi 13 novembre 1944, matin d'automne d'un jaune brûlé, ciel à peine embrumé, pelouse chargée de rosée. C'est Helga qu'on est allé chercher la première. Mais autour de Frau Geertrui prostrée s'activent aussi Schwester Margot et Schwester Brigitte. Sur la rive, elle a les veines égratignées et les yeux dans l'étang comme pour s'y jeter. Tourné vers le ciel, son poignet droit se répandait à chaque battement de cœur, mais elle ne s'est pas vidée, son cœur ne s'est pas arrêté et à son réveil son poignet gauche ne coulait déjà plus.

« Elle est arrivée hier soir, peut-être même l'après-midi déjà, dit Schwester Margot.

— Sans doute, Oberschwester, elle est en hypothermie, je pense, répond Helga. Frau Geertrui, vous êtes ici depuis hier soir, c'est ça ? Pouvez-vous marcher, s'il vous plaît ? Vous mettre debout au moins ? »

Mais Helga a beau lui parler, elle ne répond pas, elle regarde tomber les gouttes de sang, s'abîme les yeux dans les manches saccagées de sa chemise, semble s'étonner, tout ce sang et rien, combien en faut-il pour mourir. En pensant se tuer, elle a juste fini par s'endormir. « Réveillez-vous

Frau Geertrui, je vous en prie. » Et Frau Geertrui alors se lève, peut-être pour fuir, mais trop tard, elle s'écroule, rien de plus.

Schwester Margot et le SS de la guérite, un garçon châtain aux joues de bébé, aident Helga à porter vers le Heim Frau Geertrui. Qui laisse derrière elle de l'herbe rouge, comme si les fleurs avaient déteint. Elle a un massacre sur le corsage et la jupe, sur les mains, et le sang coule toujours, doucement, de sa peau très blanche, comme une porcelaine en train de fuir. Un joli vase ébréché qui ne retient plus rien.

Alors qu'ils sont encore à l'extérieur, le docteur Ebner accourt, pose l'index et le médius droits sur le cou de la jeune femme, les appuie dans la jugulaire, puis du même doigt ouvre sa paupière sur un œil révulsé. L'air pensif, dit de la mettre dans la petite chambre du rez-de-chaussée, il viendra l'examiner plus tard. Schwester Margot marmonne que le docteur est trop bon. Sa main gauche, passée autour de la taille de Frau Geertrui, révèle de la crasse sous les ongles.

Ils l'installent dans la chambre, celle au robinet défectueux, où elle a passé sa dernière nuit au Heim. C'est l'odeur, d'abord, qui prend à la gorge Helga. Les relents de lait tourné, malgré les draps changés. Sans doute le lait est-il passé dans la literie ou une infime brume lactée s'est-elle déposée sur les murs ou par terre, et il en reste quelque chose malgré le nettoyage. Beurre aigre, foin chaud, et, de nouveau, si vite, renfermé, Helga en a le cœur soulevé, quelque chose de vieux et de mort se dégage de cette pièce. Elle ouvre en grand la fenêtre, comme la dernière fois, déjà-vu, impression de revivre la même scène et le même moment. Frau Geertrui sent-elle aussi le parfum brutal du passé ? Elle est couchée sur le dos, en elle rien ne bouge, ses paupières tremblent et c'est tout.

Un frisson sur ses lèvres, qui s'entrouvrent, se ferment, s'entrouvrent. Elle dit que la dernière fois, dans cette chambre, c'était le bonheur. Parce qu'il y avait Jürgen. Soudain envahie d'une nostalgie qui la suffoque. Helga cependant la revoit, pliée en deux sur son enfant, et pleurant, des yeux comme des fissures gris et rouge dans son joli visage. Le malheur de la veille peut donc devenir le bonheur du lendemain, et ainsi il est un puits sans fond dans lequel on peut tomber toujours plus bas. Le malheur est sans doute ce qui donne l'idée la plus juste de ce que peut être l'infini. Helga lui répond qu'elle doit se reprendre : « Ça passera, le chagrin passe toujours, il faut surtout penser aux conséquences de vos actes. » Assise au bord du lit de sa patiente, elle désinfecte les coupures, pense que les brèches des yeux sont remplacées par deux autres, celles de ses pauvres poignets, qu'elle suture, la peau un tissu dont la fibre fine a été tranchée et qu'il faut recoudre. Puis panse sans rien dire. Le sang s'est arrêté de couler. Des deux plaies suinte maintenant de la lymphe mêlée à un reste d'hémoglobine, elle tache aussitôt de jaune le pansement.

L'air clair du matin emplit la chambre, c'est une journée particulièrement belle. « Une journée magnifique », lui dit Helga, comme pour lui faire comprendre son erreur. Frau Geertrui papillonne des cils, avec peine : « Les journées magnifiques sont les pires. Parce que Jürgen, lui, n'en connaîtra plus jamais », et alors ses mots se mettent à couler eux aussi. Jürgen n'a eu que quelques jours magnifiques, dix-sept *ganz genau*[1] et dix heures et une poignée de minutes, à vivre dans ses bras et sans presque ouvrir les yeux. Il a vécu dans son odeur et son bercement, et il souriait, souriait en rêvant. Puis ils le lui ont enlevé et il est mort malade et loin d'elle.

Frau Geertrui dit qu'avec tout le sang qu'elle déverse depuis l'accouchement, avec ses règles hémorragiques, c'est comme si c'était celui de Jürgen qu'elle perdait, comme s'il continuait à mourir en elle. Elle dit que c'est pour ça qu'elle s'est sentie soulagée en voyant saigner ses poignets, tout ce qui coulait de ses poignets tranchés, c'était du sang qu'il ne perdrait plus, elle avait le sentiment bienheureux de se sacrifier pour lui et de partir à sa rencontre. « Je tenais le bonheur, et il m'a échappé, de l'eau qui passe entre les doigts, de l'eau, et rien ne la retient, rien. »

Helga ne répond pas, voudrait qu'elle se taise, pose un index sur ses lèvres. Dit alors : « Et si le moment présent devenait ce que demain vous appellerez bonheur ? »

L'autre a un petit rire sec, que lui importe « demain ». Elle dit que l'insupportable, c'est de voir d'autres bébés, d'entendre des cris de nouveau-né, ça lui tord le cœur, elle

1. Précisément.

a l'impression de reconnaître, d'entendre le sien, que plus jamais elle ne verra, ne serrera, il est mort, parti, et ça fait tellement mal qu'elle sent une sorte de vertige, le vide partout autour. Et elle déteste ces femmes, qui ont le droit d'être mères, elle déteste ces bébés, qui ont le droit d'être vivants, alors que le sien était plus beau, plus sage, et qu'elle l'aimait bien davantage que toutes ces *Dirnen*[1], des sans-cœur qui abandonnent leurs petits dans la nurserie du Heim.

Elle dit qu'elle est obsédée par le cadavre de son enfant, son poids, la couleur de sa peau, l'aspect de son visage. Que le plus dur est d'imaginer sans arrêt le corps de Jürgen, ce corps maintenant abîmé, elle se demande ce qu'il est devenu. Elle l'imagine en train de pourrir, la chair à vif. Elle murmure ça, l'air terrorisé. Elle dit que la dernière fois qu'elle a remis les pieds chez un boucher, elle s'est sentie mal, la vision, l'odeur de la viande la rendent physiquement malade, la chair, les os, les nerfs, elle imagine Jürgen tout ouvert, l'imagine ensanglanté. Le voit parmi des déchets organiques, se réveille en sursaut la nuit parce qu'elle rêve qu'il est en train de brûler. Elle imagine ses petits os, son petit crâne, ses petits restes. Se demande où ils sont.

Essaie de retrouver le poids de son enfant dans chaque objet qu'elle soulève, il pesait n'est-ce pas trois kilos quatre cents, moins à la fin, à la fin quand ils le lui ont pris il ne pesait plus que trois kilos et des poussières. Chaque fois qu'elle soulève un paquet de sucre ou de farine ou n'importe quoi d'autre,

1. Fille légère ; pute.

elle pense à lui, à ce qu'il pesait dans ses mains et dans ses bras, au ressenti de ce poids-là. Et elle se demande combien il pèse maintenant, que pèse donc ce qu'il reste de lui. Ça l'obsède, elle ne pense qu'à ça et bien sûr elle n'en dit rien à personne. Schwester Helga est la première, la seule à qui elle parle. Parce que Jürgen n'existe pour personne, que pour elle-même, et pour Helga qui l'a connu, l'a même tenu dans ses bras et lui a chanté des berceuses. C'est pourquoi elle aime tant sa compagnie. Elle est ce qui lui reste de Jürgen. Et cet endroit est l'éphémère maison de son fils. Ce qui, pour elle, ressemble le plus à un cimetière. Elle n'a pas envie d'en partir.

Lorsqu'elle voit un enfant, ou un morceau de viande, ou un os de poulet, ou une goutte de sang, elle souffre physiquement, avec des nausées et des difficultés à respirer, souffre lorsqu'elle porte un objet dont le poids s'approche de celui de Jürgen, c'est alors insupportable, c'est alors qu'elle étouffe. Et c'est pour ça qu'elle ne pourra pas vivre. Pour ça qu'elle doit l'enterrer, pour cesser de le voir et de le reconnaître à la fois dans chaque enfant et dans chaque déchet animal. Et pour qu'il laisse une trace quelque part, une trace matérielle dans ce monde. Elle veut pour lui une tombe, un endroit où elle pourra déposer une fleur, elle veut le nom de Jürgen gravé dans la pierre, ce nom qu'elle seule connaît et quelques *Schwestern* qui l'oublient déjà.

Elle repense souvent à cette infirmière qui a emporté Jürgen sans le regarder. Et à cette berline noire qui s'éloignait. Cette berline, c'était un corbillard, c'était le cercueil de son enfant qu'on mettait en terre, il n'y en aura pas d'autre que ce véhicule noir laqué. Et tant qu'on ne lui aura pas rendu le corps de Jürgen, il n'aura pas d'autre tombe que son ventre, « il doit bien rester quelque chose de lui là-dedans, quelque chose de lui dans ce sang que je perds toujours, quelque chose dans les marques de mon ventre ». Et « Mon ventre est une tombe ».

Son enfant, dit-elle, ne connaîtra ni la neige ni les saisons ni l'amour. Ne sentira pas la pluie sur son visage. Ne verra ni la mer ni les forêts, ne sentira jamais la terre sous ses pieds, ses petits pieds qui n'ont jamais touché le sol, son bébé ne marchera jamais. Ses yeux sont ouverts sur un ciel qu'il ne peut pas voir, ses yeux anthracite deviendront noirs, puis des creux, puis des trous, puis plus rien. Elle dit comme ça, puis plus rien.

La colère de Helga a laissé la place à un autre sentiment ou plutôt une sensation désagréable, qu'elle ne parvient pas à identifier. Elle sort de la chambre presque en courant, soulagée d'en sortir, avec l'envie de fuir loin, devant cette douleur si grande qu'elle en est dégoûtante, et tous ces mots, les détails de cette souffrance lui semblent obscènes, comme chez les malades qui souffrent au point de se souiller sans plus s'en préoccuper. Rien de ce qui est du corps pourtant n'effraie Helga. Mais la manière dont parle Frau Geertrui lui est intolérable. Ce désespoir salit tout, abîme tout, fait de l'ombre à son soleil et à sa propre joie de vivre. La présence, la simple existence de cette femme provoquent chez Helga un mélange de pitié, de répulsion et de colère, sans qu'elle sache au juste dans quelle proportion quel sentiment.

De retour dans la salle des nouveau-nés, et bien que ça ne relève pas de ses activités, elle aide Schwester Anna à nettoyer les petits nombrils et à remplacer le bandage qu'ils gardent pendant quelques jours autour du ventre. Leurs cris lui semblent rafraîchissants, elle leur dit des mots doux, leur chante des chansons, emmaillote ceux qui ne trouvent pas le sommeil. Leur promet que leurs petites mamans viendront bientôt et qu'il est presque l'heure de manger.

Puis elle descend dans son bureau, car il lui reste plusieurs rapports manuscrits à dactylographier. Le premier concerne Frau Geertrui, à joindre à son dossier. Elle le lit d'une traite, et l'écœurement revient, plus fort, l'envahit. Le docteur Ebner évoque la tentative de suicide de Frau Geertrui et la décrit comme profondément dépressive, ce qui explique que Jürgen soit né affecté de débilité congénitale. Et il l'envoie chez le docteur Schmidt en vue d'une stérilisation. Helga dactylographie puis glisse le feuillet dans le dossier. À la première page, auprès des informations générales, le docteur a écrit au crayon et souligné, *À stériliser.*

JOURNAL DE SCHWESTER HELGA

Heim Hochland, 13 novembre 1944

C'est certainement ma lettre à Frau Geertrui, dans laquelle je lui écrivais qu'elle ne pourrait pas récupérer le corps de son fils, qui l'a décidée à revenir au Heim. Elle a essayé de se tuer.

Je ne me sens pas heureuse de ce que je suis ou suis devenue, mais ne parviens pas à identifier ce que j'ai fait de mal exactement. Ni à comprendre ce qui me dérange tant chez moi, depuis que Jürgen est mort. Une impression de trahison. En parlant trop à Frau Geertrui, ai-je donc trahi le docteur ? Mon pays ? Mes idéaux ? Me suis-je trahie moi-même ? Je ne sais pas d'où je sors toutes ces questions. Certainement, cette affreuse nausée est due à la fatigue, rien de plus.

J'ai pris la résolution de ne plus parler aux pensionnaires, d'éviter les contacts avec elles puisque j'ai une fonction qui le permet, de ne plus m'attacher à elles sous aucun prétexte, de ne rien connaître de leur vie. Mon rôle est d'accompagner le docteur dans la constitution des dossiers. De l'assister lors des consultations s'il le faut. De soigner au besoin, rien de plus, et d'obéir. Depuis que j'ai pris cette décision, je me sens mieux, beaucoup mieux. Je retrouve mon âme.

Renée

Seule dans une pièce sombre, les rideaux tirés. L'obscurité calme son œil blessé, que même à travers la paupière toute lumière intense irrite. Son œil tuméfié, et comme égratigné en surface, à cause de l'alcool. La douleur est moins vive, mais l'irritation ne diminue pas. Un œil plein de sable, plein de terre, plein de boue de plus en plus sèche et qu'elle tient dans une paume comme s'il allait tomber.

Elle ose à peine bouger. Deux jours qu'elle est ici, dans cette chambre vacante, plus petite que les autres, mobilier usé. Pas de numéro sur la porte. En l'emmenant, l'infirmière qui lui a brûlé l'œil lui a fait comprendre qu'il ne fallait pas la quitter. Deux jours, et une jeune Schwester lui apporte ses repas, sans lui dire un mot, visiblement effrayée, elle dépose le plateau sur le bureau et prend la fuite. La porte n'est pas fermée à clef. C'est pourquoi Renée n'a pas envie de sortir de là. Parce que si elle sort, elle mourra. Dehors c'est la guerre. Dehors elle est l'ennemie.

Personne jamais ne vient. Pas même Frau Inge. Une seule fois, Renée s'est aventurée dans le couloir. Elle a vu l'ombre d'une Schwester et elle est rentrée aussitôt, comme une enfant qui quitte son lit sans permission. Elle s'est recouchée, a fait semblant de dormir, même si personne n'est venu vérifier. Personne ici, même pour la soigner. Que vont-ils faire d'elle ? Et Artur, que penserait-il s'il la voyait ainsi, soupçonnée d'on ne sait quel crime, à cause d'une lettre qu'elle n'a jamais vue.

Dehors elle est l'ennemie, dedans elle est l'ennemie aussi. Ces gens ne l'aiment pas. Ils la tolèrent, à cause de l'enfant qu'elle porte.

Dans la chambre d'à côté, une femme a sangloté jusqu'à tard dans la nuit. À travers le mur, Renée l'entendait pleurer. Glacée. Elle s'est assise sur le bord du lit, hésitante. Y aller pourquoi. Dire quoi. Parler de quoi, avec cette Allemande. Bien seule elle aussi. Renée ne s'est pas levée, elle a fixé l'obscurité de l'œil droit, sa paume sur le gauche, son œil de sel et de sable sec, elle s'est battue contre l'envie d'enfoncer plus fort la paume, le poing, dans son orbite, trou noir plein de douleur. À côté, les sanglots parfois s'arrêtaient, puis reprenaient. Une mer de sanglots et de larmes qui montait, refluait, avec un gémissement presque animal. À la fin, il n'y a plus eu que le silence. Nuit encore, mais déjà des oiseaux. Des oiseaux, et en laissant fermés les rideaux, Renée a ouvert la fenêtre, juste la largeur de deux doigts, pour entendre mieux les pépiements, sentir davantage le jour se lever. Elle aurait pu ouvrir grand. Fuir. Elle est allée s'allonger sur le dos, a fermé les deux yeux, enlevé sa paume de sa paupière. S'est endormie. Le sommeil est devenu son seul bonheur, elle voudrait dormir encore, toujours. Elle s'est réveillée le matin, au bruit de plusieurs voix dans la chambre voisine. Une porte qui se referme. Puis plus rien. Plus un grincement, plus un soupir. L'Allemande triste a dû partir.

Helga

Le docteur Ebner derrière son bureau, l'air soucieux mais comme toujours souriant, « Schwester Helga », dit-il. Il lui fait signe de s'asseoir, comme à une patiente. Un petit moment de flottement, puis elle s'assied. L'heure aussi est inhabituelle, il est tard déjà, les pensionnaires sont en train de broder dans la salle commune, s'apprêtent à monter.

« *Liebe Schwester Helga*. Vous savez mieux que personne que ces derniers jours ont été mouvementés, deux de nos pensionnaires ont révélé un comportement décevant. Mais ce n'est pas de cela qu'il s'agit, si je vous ai fait venir à cette heure tardive, c'est que nous avons maintenant un grave problème au Heim. Nous avons dû renvoyer cet après-midi l'Oberschwester Margot. »

Helga, les yeux agrandis, porte la main à la bouche.

« Oui, le travail de l'Oberschwester Margot comme vous le savez vous-même laissait souvent à désirer. Et plusieurs de nos mères s'en sont plaintes à moi. Vous vous rappelez aussi son indiscrétion quant à l'identité du *Kindesvater*, le père de l'enfant, de l'une d'entre elles, alors qu'elle est, tout comme vous et moi-même, tenue au secret le plus strict. Certaines pensionnaires sont allées jusqu'à écrire à notre Reichsführer. C'est lui qui m'a demandé d'enquêter sur sa personne. Les affaires de Schwester Margot ont été inspectées ce matin et nous avons retrouvé dans sa valise les porcelaines d'Allach qui avaient disparu de nos armoires il y a quelques mois. »

Helga secoue légèrement la tête.

« Après l'avoir auditionnée, nous lui avons fait quitter le Heim sur l'heure. Schwester Helga, je souhaite que vous la remplaciez.

— *Aber,* mais, Herr Doktor.

— Vous serez parfaite. J'ai besoin de vous. »

Elle hésite. Après un moment de silence :

« À votre service, Herr Doktor.

— Savez-vous que notre Reichsführer s'est souvenu de vous, qu'il vous a évoquée en termes très élogieux. »

Il sourit. Elle rougit, baisse les yeux.

« *Danke,* Herr Doktor. »

Elle hésite de nouveau, ose :

« Herr Doktor…

— *Ja?*

— Pensez-vous que nous pourrions laisser une chance à la petite *Französin*? Elle est si jeune, une enfant.

— Sans parler de cette étrange histoire de lettre, elle a mis en danger son enfant en sortant du Heim, c'est ce qu'une mère peut faire de pire.

— Oui, mais aucune de nos pensionnaires ne sait à quel point la faim rend furieux contre elles les villageois. Elle voulait juste se promener. »

Le docteur acquiesce, hausse les sourcils :

« Si elles entendaient comment ils parlent d'elles. »

Elle se tait, avec un petit geste des mains fragile, reprend sa respiration :

« Herr Doktor, si vous me permettez, le *Kindesvater* est le fils du Gruppenführer Feuerbach. Vous savez que le grand-père paternel de l'enfant à naître vient de mourir. Nous ne pouvons la renvoyer du Heim sans avoir demandé l'avis du *Kindesvater*, et il est sur le front. »

Il sourit, frotte ses petites lunettes rondes à l'aide d'un chiffon.

« Vous êtes un bon cœur, Schwester Helga, un très bon cœur, et vous avez entièrement raison. Seulement, ça ne dépend pas de moi mais du Standartenführer Sollmann, je ne sais ce qu'il veut faire de cette fille, elle devrait déjà être partie. Mais je lui en parlerai. L'enfant sera beau, c'est certain. Savez-vous que le roux est la quintessence du blond ? C'est la phéomélanine, la bonne mélanine, qui fait la rousseur, et cette peau qui rougit au premier rayon du soleil. Si le *Kindesvater* n'en veut pas, ce petit fera le bonheur d'une bonne famille allemande. Oui, je parlerai à Sollmann demain, nous garderons *die Französin*, au moins jusqu'à la naissance de l'enfant. Notre Reichsführer nous l'a suffisamment répété, nous prendrons tout le bon sang dont nous pouvons nous emparer, d'où qu'il vienne. Mais ne la remettons surtout pas dans la chambre de Frau Gerda, *bitte schön*, je ne tiens pas à avoir un autre coup de fil de son mari.

— *Danke*, Doktor Ebner. »

JOURNAL DE SCHWESTER HELGA

Heim Hochland, 14 novembre 1944

Oberschwester! Je commence demain. Un nouveau départ. Une fonction qui implique une plus grande proximité avec les pensionnaires et les enfants, mais je vais pouvoir racheter mes erreurs. Me rendre plus indispensable encore auprès du docteur. Redevenir irréprochable. Je me sens renaître.

TROISIÈME PARTIE

DERNIER REFUGE

Marek

Une centaine de mètres derrière l'étang, Marek et les autres hommes du KZ sont à la gare de Steinhöring, pour y décharger des wagons de marchandises. Souvent des victuailles, sucre, cacao, oranges, fruits frais, ou encore des vêtements, récemment du savon de Marseille, des flocons par centaines de kilos. Aujourd'hui, aucune odeur de savon ni de nourriture. Les prisonniers forment comme d'habitude une chaîne pour se passer les colis. Le premier homme près du wagon, le dernier près de la camionnette bâchée, et Marek entre les deux. Celui qui se tient près du train, un Tchèque boulanger de formation, lui tend une corbeille enveloppée d'une couverture et lui crie «*Kind! Kind!*», mais Marek ne comprend pas ce qu'il dit. Il le prend, c'est assez léger, quatre ou cinq kilos peut-être, en prenant un peu d'élan s'apprête à le jeter au camarade près du véhicule, lorsqu'il entend sortir du colis un vagissement. Il manque de le lâcher. Il prend une grande inspiration, le dépose au sol, dégage la couverture.

Un bébé, dans un panier d'osier. Il continue de vagir, ses petits poings serrés comme ceux d'un boxeur miniature.

Marek a les mains qui suent, les genoux qui flageolent. Il replie la couverture sur la petite chose hurlante, la passe doucement à son camarade. Lorsqu'il y a une douzaine de paniers alignés sur deux rangées, le véhicule démarre, conduit par un SS. Marek et les autres restent là, sous la garde d'un soldat. Ils échangent des regards horrifiés. L'un d'entre eux étouffe un sanglot, la paume posée sur la bouche. Marek baisse les yeux et se met à prier, des enfants si petits ! Il en reste beaucoup dans le wagon, peut-être le double de ceux qui sont déjà partis. La camionnette revient au bout d'une demi-heure, vide. Les prisonniers recommencent à charger des enfants. Au total, près de quarante. L'un d'eux se met à pleurer, suivi de plusieurs autres. Marek ne parvient pas à se défaire du tremblement de ses jambes et ses mains coulent presque, est-ce la faim, est-ce l'horreur d'entasser des nourrissons dans un véhicule SS, qui ne peut les conduire qu'à la mort ? Il pense au bébé de Wanda, avec vertige. Il pense à Wanda.

Puis de nouveau à ces nourrissons, en marchant vers la baraque qu'ils sont en train de bâtir. Retourne au tas de planches qu'il avait laissé derrière lui ce matin. Reprend le travail. Ses mains aux doigts durcis, à la paume pourtant déjà calleuse, la droite un peu plus encore que la gauche, mais pas suffisamment. Toujours il reste assez de tendresse, pour que se forme une nouvelle blessure et qu'apparaisse une nouvelle douleur. Marek enfonce des clous dans les planches de bois et le manche du marteau lui écorche la peau à chaque coup. Il tient maintenant l'outil à deux mains et de travers pour épargner sa chair à vif. Il frappe et l'élancement est aigu, mais ne suffit pas à chasser l'image de ces bébés ce matin. Puis lui revient en mémoire l'histoire du train d'enfants. Une histoire largement connue dans les milieux résistants de son pays. Un autre train, avec des petits Polonais.

Des années déjà que les nazis font des rafles d'enfants en Pologne, ils les trient, les emmènent, et personne ne sait ce qu'ils deviennent. Un tout petit matin de l'hiver 1943, un train part de Lublin, dedans au moins deux cents gosses arrachés à leurs mères. Direction Varsovie. La nouvelle de ce départ se répand dans la région comme une traînée de poudre. À chaque gare, une foule silencieuse s'attroupe, attend le passage du train. Il faut sauver ces enfants. Au moins les nourrir, les réchauffer. Les gens ont apporté du pain, des pommes de terre, du lait, des couvertures. Mais le train ne s'arrête jamais, le premier jour ne s'arrête nulle part, et sur son passage les bruits métalliques des rails, des essieux, les grincements couvrent tout. Un train fantôme qui hurle et que rien n'arrête. Une seule fois, le lendemain à la nuit tombée, la machine freine, s'immobilise. La foule se jette sur les wagons, force les portes, fouille dans l'entassement enfantin, s'empare de quelques petits corps, certains sont morts, on les redépose, à tâtons on essaie d'en trouver un autre, vivant, et alors le corps léger et tiède et à moitié évanoui passe de mains en mains. Surpris, les SS se mettent à tirer. La foule s'enfuit, se disperse, emporte avec elle les quelques petits qu'elle a réussi à saisir. Certains courent sans se retourner, d'autres s'arrêtent un peu plus loin. Suffisamment proches encore pour entendre quelques pleurs, des gémissements et une porte métallique crisser dans le vent. Le claquement lorsqu'un soldat la referme. Le silence revient. Le train repart en grinçant, vers Varsovie. On dit que pas un seul de ces enfants n'a survécu, pas même ceux que les villageois ont arrachés au convoi. On dit que certains enfants polonais partent pour l'Allemagne, d'autres pour Auschwitz, c'est ce qu'on dit, pour devenir quoi. À Auschwitz on sait, mais ce que deviennent les autres, personne n'en a aucune idée.

Renée

Une goutte tombe dans la cuvette. La cuvette est de porcelaine et le robinet fuit. Renée se rappelle le bruit des gouttes dans la bassine le jour de son arrivée à Lamorlaye. C'est loin, loin, loin, irrattrapable. Ses cheveux ont poussé, des cheveux de fille presque. Une goutte. Elle passe une main dans sa chevelure. Se recroqueville. Mal au cœur. Moins elle bouge, moins elle souffre. Une goutte.

Bruit de moteur à l'arrière du Heim. Elle tressaille. Se lève. Hasarde quelques pas. Fenêtre. Pose sa paume sur sa paupière gauche, à cause de la luminosité. De son œil dragon fixe et unique, Renée regarde la camionnette militaire. Regarde comment des *Schwestern* en sortent des paniers d'osier. L'une d'entre elles en tire un bébé. D'où viennent-ils, tous ceux-là ? D'où les sort-on ? Où sont leurs mères ? Ils viennent de la guerre et leurs mères sont peut-être mortes. Il y a aussi quelques enfants un peu plus grands, deux ou trois ans peut-être. Presque tous pleurent. Les *Schwestern* s'affairent près du véhicule, mais aussi les servantes, les cuisinières, qui les portent dans le Heim.

Depuis ce matin, elle est dans une nouvelle chambre, et pour le moment elle y est seule. C'est une chambre normale, semblable à celle qu'elle occupait avant sa fuite, avec la même vue sur le parc. Et elle a déjeuné dans la salle commune avec les autres, sans avoir faim. Depuis qu'elle a essayé de partir elle n'a plus faim. Dans sa bouche, le goût métallique s'est intensifié. Renée a compris en quittant la chambre isolée, qu'elle-même ne fuirait plus jamais, quitter le Heim signifiait mourir. Mais si la guerre rentre ici, il faudra bien qu'elle en sorte. Et meure. Et elle ne peut rester ici qu'à cause de l'enfant. L'envahisseur est dehors et dedans : elle est envahie de l'intérieur.

Elle ouvre plus grand la fenêtre mais ça ne suffit pas. Elle respire mal. L'enfant occupe la place de ses poumons, et elle a beau respirer, l'air ne lui suffit pas, il lui reste dans la gorge et tout en haut de la poitrine. Elle s'allonge sur le dos, prise d'asphyxie. Il n'y a plus assez d'espace pour son souffle et sa respiration est de plus en plus petite et rapide. Et cette nausée, c'est parce que l'enfant pousse sur son estomac. Elle se tourne sur le côté. Se lève, se précipite vers la cuvette. Vomit.

Helga

— Oui, installez-les dans le *Kindergarten*[1] en attendant, *bitte*.

Helga a les mains qui tremblent. La peau sous les yeux un peu meurtrie. Nerveuse, épuisée, souriante d'un sourire ancien et désemparé qui serait resté coincé sur ses lèvres. Les *Schwestern* prennent deux petits à la fois, un sur chaque bras, et les emmènent. Le *Kindergarten* est pourtant destiné aux enfants de plus de deux ans, mais il n'y a plus de place du tout dans la salle des nourrissons. Dans le hall d'entrée, il y en a encore une vingtaine dans leurs paniers.

Vingt-deux bébés de plus ce matin. Ceux qui étaient arrivés en novembre, le 15 novembre très précisément, son premier jour comme Oberschwester, ne sont même pas encore tous logés de façon pérenne. Ils étaient alors trente-huit, avec trois mères et cinq *Schwestern* et ils venaient des *Heime* de l'Ouest. Pendant quatre semaines avaient voyagé dans un train spécialement affrété avant d'arriver. Quatre semaines.

1. Jardin d'enfants.

Une traversée de toute l'Allemagne. Deux accouchements. Schwester Paula qui accompagnait dit qu'ils n'ont manqué de rien. Vivres abondants, nourriture variée, il a même fallu jeter des aliments frais qu'on n'avait pas mangés à temps. Mais plusieurs fois, le train s'est fait prendre d'assaut par des civils affamés ; le peuple allemand souffre. Les SS qui les escortaient ont dû repousser les attaques, ils tiraient en l'air, ont malgré tout blessé un vieil homme qui tentait de forcer le passage.

Mais ces vingt-deux-ci d'où viennent-ils ? Elle porte les deux derniers elle-même jusqu'au *Kindergarten*, les pose chacun dans un petit lit à barreaux déjà occupé par un autre enfant. Se dirige vers le bureau du docteur. Frappe doucement :

« *Herein*, entrez.

— *Guten Morgen*, Doktor.

— Schwester Helga, dites-moi.

— Docteur, les nouveaux enfants… Avons-nous des dossiers complets ? Les fiches sont expéditives, dates de naissance, maladies, taille, poids. Des noms allemands mais je ne trouve pas les noms des parents.

— Ils sont archivés dans nos locaux administratifs, Schwester Helga, ne vous inquiétez pas. Ce sont des orphelins, ils seront proposés à l'adoption.

— Docteur… » Elle veut dire quelque chose. S'arrête.

« Montrez-moi vos mains. »

Elle tend vers le docteur sa main droite, qui se met à trembler encore plus fort, c'est presque une secousse. Il scrute attentivement son visage :

« Mangez-vous assez ?

— *Ja sicher*, Doktor, mais je ne dors pas beaucoup. Et puis, le café, j'en bois trop. Doktor, nous avons maintenant cinquante-huit femmes dans notre Heim, et les enfants, il faut que je recompte, mais avec les plus âgés nous en avons près de cent cinquante.

— Avec une capacité maximale de cinquante et de cent, oui je sais, Schwester, mais nous avons été obligés de quitter plusieurs de nos *Heime*. Espérons que viendra bientôt le temps où nous pourrons y retourner. » Il ajoute, plus bas : « Les lignes allemandes reculent.

— Comment allons-nous faire, Herr Doktor ? » Son front de très jeune femme se plisse légèrement, une terreur d'enfant lui passe sur le visage comme une ombre.

« Notre maternité a été la première et, quoi qu'il arrive, elle restera debout. Ici dans le centre de la Bavière nous résisterons, nous tiendrons jusqu'à la fin des temps, personne ne pourra nous déloger, et c'est ici que se reconstituera notre peuple germanique. Ces enfants *besten Blutes* sont précieux, ce sont nos futurs Seigneurs de guerre, ils sont l'avenir de notre peuple. Il nous faut les traiter comme tels et accueillir tous ceux que nous pourrons. Je vous demanderai de réfléchir à une réorganisation des espaces en intégrant la huitième annexe. Nous sommes le 3 décembre, il faudrait qu'à la fin de l'année tout soit prêt.

— *Ja sicher*, Doktor. »

Le docteur se penche sur un dossier et elle comprend que l'entrevue est terminée. Elle se redresse. Attend debout. Il relève le regard.

« Schwester Helga ?

— *Ja*, Doktor.

— Je sais que nous avons de la chance d'avoir du vrai café ici alors qu'on n'en trouve plus nulle part, et qu'il permet de travailler davantage, mais il faut en boire moins. Et manger plus.

— *Ja sicher*, Doktor. »

Dans la salle des infirmières, elle change son tablier qui porte les marques ensanglantées d'un accouchement au petit matin. S'installe au bureau et se met à élaborer de nouvelles grilles de travail pour les *Schwestern*, celles de Hochland et les autres, venues des *Heime* désormais fermés. Quand elle a terminé, elle pose la tête sur son coude, un instant. S'endort aussitôt.

Se réveille en sursaut au bout de quelques minutes. Se relève comme au sortir d'un cauchemar.

La nouvelle annexe est de plain-pied, la plus proche de ce qu'on appelle maintenant la maison principale. Toute la structure est déjà montée, le toit aussi, mais pour achever les parois combien de clous encore.

Elle entre dans une odeur de planches fraîchement équarries, un parfum de sciure. Bois clair partout, du pin. Le couloir central donne, à gauche, sur une première grande salle. Elle est destinée aux bébés. Trois fenêtres laissent entrer une jolie lumière qui se reflète dans le plancher tout neuf. Contre le mur, déjà une dizaine de lits d'enfants.

Elle recule de deux pas en voyant l'homme du KZ habillé en civil qui ponce, sous l'une des fenêtres. Un homme au visage un peu asymétrique. Regard d'une grande intensité, qui à aucun moment ne se relève sur elle, comme si elle n'existait pas. De la peur peut-être, mais elle ne croit pas, plutôt de la colère. Les prisonniers ici sont pourtant bien traités, le docteur le lui a dit. Il ne la regarde pas et grince des dents, légèrement, il semble souffrir ou faire un mauvais rêve. Elle sort de la salle. Bientôt il y aura là trente berceaux, bien alignés, trente bébés de plus.

Sur la droite du couloir, les chambrées des mères. Deux lits superposés par chambre. Moins chaleureux, moins luxueux que dans la maison principale, mais tout aussi confortable. Dans la réserve, qui se trouve dans une autre annexe, s'empilent des draps fins, de grandes serviettes moelleuses dans lesquelles on enfonce son visage, du linge exquis, comme celui qu'on trouvait, avant, dans les hôtels de luxe, c'est en tout cas ce qu'imagine Helga qui n'a jamais dormi dans ce genre d'endroit. Il y en a tant que jamais ils n'arriveront au bout, même si toutes les mères du monde, fuyant la guerre, venaient se réfugier au Heim Hochland.

Marek

Tout est une question de mouvements. De souplesse, d'économiser son énergie tout en avançant. Il ponce des planches, encore et encore, et le rythme juste l'aide à tenir, et le geste dans lequel s'est coulé son bras droit porte tout son corps, en un élan qui semble extérieur à lui. C'est pour chacune des tâches ce qu'il faut trouver au plus vite, la manière de se glisser tout entier dans le mouvement le plus délié, le plus naturel possible. Car c'est aussi le moins fatigant. Il a appris ça à Dachau. Ces grandes baraques de bois qu'il a construites de ses mains lui rappellent irrésistiblement celles du KZ. Même structure boisée, même hauteur, même symétrie, dimensions semblables. Et alors son mouvement dansé déraille, se casse un peu. *Schneller!* crie un des sbires de l'Unterscharführer Sauter.

Pourquoi toutes ces baraques, huit maintenant ? À son arrivée, il craignait qu'on ne leur fasse construire un nouveau KZ. Mais quoi, si près de cette grande maison coquette et remplie de femmes ? Et pas des Juives, non, bien traitées, bien habillées, bien nourries. Des femmes enceintes, des enfants tout petits. Pas de barbelés. Une unité SS de quelques hommes, des prisonniers habillés en civil. Une campagne tranquille. Un village trop proche, de toute façon. Depuis l'été, plusieurs baraques sont déjà occupées par des fonctionnaires allemands, qui la plupart arrivent le matin et repartent le soir. D'autres remplies de linge, de vivres, de fournitures diverses. La dernière, celle où il se trouve, sera équipée de beaux lits de bois, plusieurs dizaines de matelas épais y sont déjà entreposés, rien à voir avec les paillasses au bourrage pulvérisé et au parfum de mort qu'il a connues à Dachau.

Il respire, son mouvement de nouveau ample, régulier. Non, dans aucune des baraques, rien qui ressemble à ces terribles lits superposés à trois étages. Et jamais on ne leur ferait poncer aussi soigneusement le plancher des baraques d'un KZ, on ne vernirait rien du tout. Et il n'y aurait pas de fleurs aux fenêtres de la grande maison.

De l'autre côté de la pièce, son camarade Pierre ponce aussi. Ils entendent les SS discuter au loin. Marek murmure en français :

« Je vais partir d'ici. Il faut que je retrouve Wanda et mon fils. Depuis ma fièvre, j'y pense tout le temps. Je vais tenter. Tu viendrais avec moi ? »

Pierre s'arrête de poncer un instant, sans lever les yeux, puis termine son geste.

« Les Allemands reculent partout. Ils vont perdre. Bientôt. Tu ferais mieux d'attendre. Pense d'abord à toi, à ta peau.

— C'est ce que je fais depuis un an. Penser à ma peau. Et à manger. Je ne veux plus vivre comme ça. Je veux sauver les miens ou mourir. »

Renée

Elle ne sort plus jamais dans le parc. Le moins possible de sa chambre. Elle reste allongée dès qu'elle peut, en attendant que ça passe, mais ça ne passe pas. Elle s'alimente à peine. Ne garde plus ce qu'elle mange. Elle respire mal. L'enfant lui mange son air, ses os, son sang.

Sa nourriture est devenue fibre filandreuse, granuleuse, dissoute, c'est moins le goût que la consistance qui la fait tant vomir. Les fruits lui semblent nervurés comme une mauvaise viande, la viande une masse dont elle parvient à distinguer chaque filament. Sa bouche n'évacue plus tout à fait ce qu'elle y introduit, les aliments refusent de descendre et ceux qu'elle parvient à avaler remontent, comme revient flotter une huile à la surface d'une eau impure. Ils commencent à se décomposer dès qu'elle les ingère. Elle n'arrive plus à se débarrasser, même en rinçant abondamment, des particules au toucher visqueux et gras qui restent tapies sur sa langue et dans le fond de sa gorge. Devenus gluants comme du papier attrape-mouche.

Elle vomit maintenant cinq ou six fois par jour. Chaque fois cette douleur de tout son corps qui se contracte de haut en bas. Son visage aux veinules explosées, et désormais rouge, d'un rouge brûlé. D'étranges, ses yeux injectés de sang sont devenus monstrueux. Elle vomit même l'eau qu'elle boit, toute cette eau pleine de sucs et de sécrétions, de fragments de nourriture indigeste, incomestible et sur laquelle son estomac se rétracte écœuré.

Des particules dans les dents, entre ses joues et ses mâchoires. Il faut alors rincer et rincer sans jamais plus avaler, et dans sa bouche l'eau lui paraît délicieusement sucrée après toute cette acidité, toute cette amertume immonde. Elle la recrache. Ses papilles gustatives se sont étendues jusqu'à l'intérieur de son estomac et ce sont des goûts inhumains qu'elle mâchonne maintenant. Sa salive est devenue aigre et grasse, comme une morve, un pus incolore et qu'elle n'en finit pas de cracher, cette salive que ses muqueuses sécrètent comme une plaie suintante, coule, et coule, et elle crache et vomit de nouveau.

Elle vomit, chaque jour un peu plus vite après l'ingestion. Plus vite c'est moins pénible, la nourriture déjà digérée est plus douloureuse à rendre. À jeun, c'est de la bile qu'elle vomit.

Elle est devenue un estomac spasmodique et endolori.

Deux fois, Schwester Helga est venue la voir, lui a conseillé de se reposer et de fermer les rideaux.

La nuit, Renée rêve qu'elle a faim, tellement faim, en dormant elle mange, mange sans s'arrêter, quand elle dort elle ne rêve plus que de ça.

Helga

JOURNAL DE SCHWESTER HELGA

Heim Hochland, mercredi 31 janvier 1945

Hier soir, dans la salle commune, nous avons toutes écouté le discours du Führer à la radio, le docteur y était aussi. J'ai retenu cette image d'une Europe gravement malade. Les pays qui sont touchés par cette maladie passent par une crise, dont les plus vaillants se remettront tandis que d'autres en mourront. Seuls ceux qui sont en voie de guérison, et donc survivront, auront à surmonter le paroxysme de la maladie, qui néanmoins les affaiblira un temps. Et il est juste que, pour sauver notre peuple, nous ne reculions devant rien. Notre peuple dont la résistance n'a fait que s'accroître depuis douze ans, et c'est cette résistance qui nous garantit la victoire finale. Après le discours, le docteur a éteint la radio et nous a dit que nous aussi nous combattions cette maladie, avec nos propres armes, en infusant du sang neuf dans le corps de notre Allemagne éternelle.

À relire pendant les moments de doute ! Oui, nous œuvrons ici à un travail de guérison et de sauvetage.

La neige tombée la nuit dernière tient toujours.

Première fois depuis longtemps qu'elle écrit de nouveau. Le petit tremblement qu'elle a dans les doigts la contraint à serrer davantage son stylo plume, de peur qu'il ne lui échappe. Elle feuillette son journal. Depuis novembre presque plus rien, des chiffres surtout. Des dates suivies du nombre d'enfants et de femmes arrivés tel ou tel jour. Des points d'exclamation. Quelquefois le calcul du nombre total de bébés recueillis. Dernièrement, le nombre d'heures où elle a réussi à dormir. *3 janvier, 2 heures. 11 janvier, 3 heures et demie. 29 janvier, pas dormi, mes mains s'arrêtent mais ma tête continue ! Le docteur dit, du lait avec du miel. Vous êtes forte, Schwester Helga, quand vous serez vraiment fatiguée vous dormirez de nouveau.*

Helga éblouie écarquille les yeux. Comme une poussière blanche vaporisée dans la lumière. Le vent soulève des nuées de neige, les décolle du toit du Heim, des arbres. Des souffles saturés de flocons brillent au soleil puis retombent.

Elle écoute crisser ses pas, presque un craquement, sent rayonner la fraîcheur de la neige, respire la pureté de ce blanc partout. Elle regarde deux servantes, jambes nues, manches courtes et tabliers. Elles portent des seaux, elles rient. Elles n'ont pas froid, ou rien qu'un peu, retourneront bientôt à la chaleur des fourneaux et de la buanderie. Un rire encore, quelques mots indistincts. Elles rentrent.

Un peu de neige dans sa chaussure trempe ses bas.

Pour se diriger vers l'annexe, elle passe la statue de la Mère allaitant son enfant, qui a du blanc dans tous ses plis, le creux de ses bras, l'intérieur de ses coudes, sur ses genoux et ses épaules. Son petit, qu'elle serre contre sa poitrine, est blotti sous une couverture poudreuse. Cette statue, elle la voyait aussi au Heim Friesland, la même dans tous les foyers du Lebensborn. Elle pense à la Vierge à l'Enfant. Ébauche un signe de croix. L'interrompt.

Tous les jours après le déjeuner, elle passe à l'annexe, maintenant remplie d'enfants, en deux groupes d'âge, dans une tentative de reproduire l'organisation de la maison principale. Il s'y trouve cinquante-quatre nourrissons et vingt-neuf bambins. Les chambres initialement destinées à des mères sont occupées par des *Schwestern* nouvelles arrivées, qui comme les enfants se replient sur le Heim Hochland à mesure que les autres foyers ferment. Elles sont treize pour le moment, car plusieurs d'entre elles sont parties rejoindre leur famille.

L'odeur du bois reste perceptible sous celle, prégnante, de la peinture à l'huile. C'est l'heure du repas. Dans le fond de la salle, les lits à barreaux alignés, et deux *Schwestern* qui finissent de nourrir les plus petits au biberon. Précédant les lits, une table à langer de deux mètres sur quatre, et deux rangées de dix bébés, vagissant à l'unisson, minuscules et rouges de colère et gesticulant, effrayés de ne reconnaître rien ni personne et d'être loin des bras de leurs mères. Schwester Gudrun les nettoie au gant l'un après l'autre, Schwester Inge les poudre de talc, Schwester Anna les lange. Helga en prend un déjà changé, tout petit, qui tremble de pleurer tant, et au bout de quelques minutes le pose, toujours hurlant dans son lit. Schwester Inge lui dit : « Celui-là vient d'arriver hier », sans arrêter de manier coton blanc et petits membres. Elle sous-entend qu'épuisé par le voyage, l'environnement nouveau, ces visages et ces odeurs qu'il ne connaît pas, il n'est pas près d'arrêter de pleurer.

Helga soupire :

« Il y en a tant. Nous avons trop peu de bras. »

Alignés dans leurs chaises hautes, les plus de six mois sont nourris à la cuillère, l'un après l'autre, par trois *Schwestern*. L'une d'entre elles, une *Braune* de Düsseldorf d'une cinquantaine d'années, pince avec impatience le nez d'un petit pour le forcer à avaler sa purée :

« *Na komm doch, kleiner. Ess mal!* Allez petit, mange ! »

Schwester Helga s'approche, lui prend doucement la cuillère, et l'enfant se laisse alors nourrir par elle, en recrachant néanmoins la moitié :

« Il est interdit de brutaliser les enfants de nos foyers. L'année dernière, une Schwester qui avait frappé un enfant au visage a été renvoyée. »

L'autre la regarde, humiliée. De manière générale, les *Schwestern* plus âgées acceptent mal que leur Oberschwester soit si jeune.

« Il y en a encore plusieurs dizaines à nourrir après lui, il nous faut gagner du temps. Et ceux-ci ne sont même pas des enfants allemands. »

Helga hausse le ton. Ses yeux cerclés de bistre la vieillissent.

« Pas des enfants allemands. Et que sont-ils donc ?

— Ce sont des enfants polonais de catégories I et II. Le docteur Ebner ne te dit donc rien ? »

Helga, décontenancée :

« Des orphelins polonais ? S'ils sont germanisables, ils seront allemands bientôt.

— Orphelins ? » Elle ricane. « Celui-ci, c'est l'un de ceux que j'ai sélectionnés moi-même sur la grand-place de Lemberg. J'ai le droit de le faire manger comme je veux. » Et elle passe au bébé suivant, sans essuyer la bouche de l'enfant de Lemberg.

Helga prend une serviette, le nettoie. Va remplir un bol de purée, puis revient le nourrir. L'enfant gazouille en remuant les bras et détourne la tête. Elle caresse le petit crâne.

En retournant vers le bâtiment principal, elle s'arrête devant la statue de la Mère allaitant. Baisse la tête et fait un signe de croix.

Marek

Au réveil, le pain mis de côté la veille était gelé. Depuis quelques nuits, il gèle à l'intérieur du dortoir, dont une des fenêtres est cassée. Marek n'a pu s'empêcher ce matin de lécher la croûte pétrifiée. Ni goût ni odeur, rien que du froid et du poids. En essayant de la ronger, a senti l'émail de ses dents se fissurer. Il a mis le pain dans la poche de son pantalon. Le sent, comme un caillou glacé, peser contre sa cuisse.

Il vernit un berceau de bois clair. L'air qu'il expire se condense, fume dans le projecteur pointé sur le meuble. Derrière l'horizon, le soleil se lève. Que ce berceau est donc étroit, et les bébés qui se trouvaient dans les paniers étaient si minuscules. Le bébé de Wanda est-il aussi petit ? Il pense à l'enfant, ne voit que Wanda, silhouette évanescente. Et le berceau. Ses mains ne parviennent plus à tenir le pinceau. Dehors, le jour allume le paysage enneigé. Marek se redresse, regarde par la fenêtre, le temps de se frictionner les mains, elles lui font un mal de chien, il les ouvre, les ferme, les ouvre, les ferme. Les enfonce sous sa chemise, dans le pli des aisselles. Regarde s'éclaircir le monde. Redevient presque confiant. Wanda est trop belle pour que le ciel l'abandonne. Il demande à Dieu de lui laisser prendre sur lui la douleur de sa bien-aimée en plus de la sienne, et de la sauver. Il sort aussitôt ses mains de sa veste et de sa peau. Il ne faut pas qu'il arrête d'avoir mal maintenant, ce serait mauvais pour les siens. Seigneur ses doigts vont tomber. Il éteint de son poing le projecteur. Reprend de ses doigts qui ne lui obéissent plus le pinceau. Tout est douleur. Tout est blanc et lumière.

Le pain dans sa poche irradie de froid la peau devenue humide de sa cuisse, et c'est une légère douleur bien agréable, celle d'une promesse. Sa capacité à le mettre de côté lui prouve que, depuis qu'il a décidé de s'évader, il est redevenu un homme. Le pain s'attendrit graduellement tandis qu'il travaille et Marek se demande combien de temps il peut mettre à se décongeler ainsi, contre la peau humaine. Combien de temps le grand froid permettra de conserver ce pain.

Il rejoindra d'autres fragments de pain noir cachés dans un sac de toile, lui-même dissimulé dans la cabane où se trouvent rangés les outils de travail.

Mars déjà. Il partira au printemps, bientôt. L'hiver n'est pas propice aux évasions, il profite des semaines qui lui restent pour préparer son départ. Son idée est de trouver un endroit où se cacher à l'intérieur même du domaine, pendant quelques jours. Puis de fuir à la tombée de la nuit et marcher, marcher, rejoindre Munich. Il en a plusieurs fois discuté avec Pierre, qui ne l'accompagnera pas. Qui dit que maintenant, il suffit d'attendre. Et de prier.

À Munich, il pourra se cacher facilement dans les ruines. Et il les connaît. Avec le Kommando, il y a travaillé tout l'été dernier, après qu'elle a été bombardée de façon massive. Presque tous les bâtiments administratifs du Lebensborn avaient été détruits ou trop abîmés pour recevoir les fonctionnaires SS. Ils avaient travaillé non seulement à déblayer les bâtiments mais surtout à transférer les archives qui s'y trouvaient encore. Les avaient transportées dans la toute première des annexes, à l'époque la seule. Munich est en ruine. Des bombardements lui ont ouvert la gueule, ont éventré ses maisons, aucune rue ne semble épargnée. Des enfants jouent sur des tas de graviers. Il s'y trouve de nombreuses maisons désaffectées, détruites, inoccupées. La plupart des Munichois vivent maintenant dans leur cave. Ou dans celle des autres. Avec ses mauvais habits civils, Marek ressemble à un Allemand pauvre. Et les Allemands qui sont restés à Munich sont presque tous pauvres. À la campagne en revanche, il sera beaucoup plus visible. Les quarante kilomètres qui séparent le Heim de la ville sont le vrai danger.

Une fois à Munich il trouvera le moyen de regagner la Pologne. La frontière tchèque n'est qu'à deux cents kilomètres.

Combien de pain pourra-t-il emporter sur la route ? Il plonge sa main droite dans sa poche. Gratte la surface de la croûte, elle est devenue molle et visqueuse, presque boueuse, il en a sous les ongles, il les porte à la bouche pour se les lécher, se les ronger. Un instant ne sent plus la douleur de ses doigts. Marek pense, *Je ne veux plus être un animal.* Tout de suite après s'interroge sur le moment où il pourra toucher de nouveau le pain attendri, sa douceur, et tout en pensant au pain il murmure Wanda, Wanda.

Il change son pinceau de main, la gauche est plus lente mais moins douloureuse. Ne recommence pas tout de suite. Il regarde dehors, le ciel, la neige, sa respiration. Les nuances, les consistances du blanc. Son souffle se fond dans l'air extérieur, sa peau fume. Il s'évapore, l'univers le boit. Il est déjà en train de se dissiper, par sa peau et ses poumons. Déjà en train de disparaître et de se mêler à la nature qui saura l'accueillir.

Cela fait plusieurs semaines qu'il cherche l'endroit du domaine où, avant d'aller à Munich, il se cachera pendant quelques jours, sept ou huit s'il le peut, le temps que les Allemands abandonnent les recherches. Chaque recoin devient un possible refuge. Il s'interroge aussi sur la possibilité de s'enterrer dans le parc, en dissimulant l'entrée du trou avec des branches et des feuilles mortes. La terre le protégera des regards et du froid. Il faudra cependant attendre qu'elle dégèle et que la neige, qui permettrait de le suivre à la trace, disparaisse.

Il entend des aboiements. Arrête son geste. Des chiens. Et des voix de SS. Les chiens, qu'il n'avait pas vus de l'hiver, sont-ils donc de retour ? À Dachau ils étaient partout. Ici, ils avaient disparu à la fin de l'été. Il n'y pensait plus.

Avec les chiens, il ne pourra pas se cacher dans le domaine.

Il faut tout repenser.

Avec une grimace, il sort le pain de sa poche. Le suce comme un assoiffé un glaçon.

Renée

Allongée sur le dos, le regard brumeux, les iris presque gris dans la pénombre de la fin de l'hiver. Un édredon tiré au-dessus du ventre. Elle est si fine que ses os sont montés en surface. Elle est devenue un creux rempli de ventre. Une terre qui sèche à mesure qu'un arbrisseau y pousse, et elle meurt à mesure que sous sa peau son enfant naît. Une urne funéraire dans laquelle trempent des fleurs vives aux racines terrifiantes. Son estomac s'est tant rétréci qu'elle ne se nourrit plus qu'à la petite cuillère. Parfois elle garde un peu d'eau, un peu de confiture. Parfois elle se vide par sa bouche de tout ce qui en elle est liquide et mou.

Il lui faut se lever pour aller à la salle commune, dont les odeurs de cuisine lui soulèvent le cœur. Elle distingue des tendons et du gras dans les légumes. Du cartilage dans les fruits. Du cadavre s'effilochant dans la viande. Dans sa bouche, tout devient chair et carcasse, tout devient viscères à ciel ouvert. De la salle commune où elle s'efforce de rester le temps nécessaire en faisant semblant de manger, elle se traîne pour vomir dans le cabinet de toilette. Schwester Helga l'a dispensée de corvées. Elle est passée la voir la veille, l'air soucieux. Lui murmure de se nourrir par toutes petites bouchées, de l'eau et du sucre pour commencer, et de bouger le moins possible. Lui a dit, hésitante, que peut-être elle demanderait au docteur de venir l'examiner, mais il n'est jamais venu. Peut-être ne lui a-t-elle rien demandé. Renée sait que si ce docteur la voit dans cet état, il la mettra à la porte du Heim. Peut-être Schwester Helga essaie-t-elle de l'aider. Elle grimace. Une salope de Boche comme les autres. Qui l'abandonne en train de crever. Personne ne la sauvera. Elle est seule seule seule.

Elle se lève tous les jours, et son corps chancelle, treillis trop fin colonisé par une plante grimpante qui devient trop lourde. Des os comme des brindilles creuses et nues étouffées par une verdure étrangère, et ses pas sont tout petits, et ses yeux manquent de lumière.

Elle se lève mais ne parle plus. Renée ne parle plus allemand. Quand on lui pose une question, elle répond en français. Ou plus du tout.

À peine si elle tourne la tête lorsque entrent deux servantes, avec un matelas. Elles le font glisser sur le côté, et elles peinent car il est lourd. Elles le laissent basculer entre les deux lits. Bruit mat, sur le bois creux. Une jeune Schwester supervise. Frau Heide, qui occupe le second lit, proteste :

« Un matelas au sol ! On nous traite vraiment *wie Juden*, comme des Juifs maintenant ! On n'est pas à Dachau ici. »

C'est ce que croit comprendre Renée. Frau Heide est

arrivée il y a près d'un mois, très enceinte. Elle porte une alliance. Elles ne se parlent jamais. Quelques jours après son installation, l'Allemande a demandé un changement de chambre en présence de Renée. Qui a alors ricané en silence, ça ressemblait à un hoquet. La Schwester a répondu qu'on ne changeait plus aucune pensionnaire de chambre depuis maintenant des mois.

Les servantes reviennent avec du linge, de jolis draps blancs, doux et un peu raides, fraîchement repassés, sur lesquels elles passent les paumes, pour bien lisser, pour que ça soit parfait. Comme une odeur de lavande en plein hiver, et Renée détourne la tête, ce parfum lui tourne le cœur, trop intense. De la lavande mêlée à une odeur de pourriture, de la lavande poussant sur de la viande avariée. Elle se lève, titube, la bouche pleine d'eau, de salive, d'amertume, de plus en plus d'eau, et elle marche dans le couloir, et se cogne une épaule en nœud contre un mur, la main sur ses lèvres pour retenir les liquides dans la cavité muqueuse, contenir ses organes à leur place, empêcher ses entrailles de sortir par ce trou qui fuit et coule et par lequel elle se vide de sa vie.

Helga

JOURNAL DE SCHWESTER HELGA

Heim Hochland, 15 mars 1945

Fermeture du Heim Wienerwald en Autriche. Nous en sont arrivés ce matin quarante-neuf mères, quatre-vingt-trois enfants et cinq Schwestern, par convoi de camions militaires.

Nous sommes maintenant quarante-cinq Schwestern. En automne, nous étions vingt-deux.

Heim Hochland, 3 avril 1945

À 6 heures ce matin, arrivée dans la cour d'un LKW militaire. Sur le plateau du poids lourd, des couffins en osier : les bébés du Heim Franken, nous les attendions. Il est devenu trop dangereux de les faire voyager par le train, ils ont fait les deux cent seize kilomètres par les petites routes. Trop d'avions ennemis, trop de bombardements. Le voyage par la route, et de nuit, était plus sûr. On nous en annonçait vingt-deux, ils sont trente-sept (!), le plus vieux a treize mois.

Helga entend la porte s'ouvrir dans son dos. Par réflexe, elle fait le geste de fermer son cahier, puis se ravise. Schwester Adelheid. Qui s'approche. Ralentie par le matelas au sol, qu'il faut contourner. Persuadée que son Oberschwester en sait plus qu'elle ne veut révéler. Helga se met à jouer avec un crayon. Il tremble entre ses doigts. Sa main grelotte comme une fièvre, comme les jours où elle oublie de manger parce qu'elle court trop. Elle entend, de loin, la voix d'Adelheid, penchée au-dessus de son épaule :

« Je n'arrive plus à travailler dans ces conditions. Je n'y arrive plus plus plus. Aujourd'hui j'ai dû séparer deux pensionnaires qui se battaient parce que l'une d'entre elles, à qui on avait attribué un matelas, s'est endormie sur le lit de l'autre. Que dit le docteur ? »

Pour montrer qu'elle n'a rien à cacher, Helga ne ferme toujours pas son journal intime, alors qu'elle sait que sa compagne de chambre est en train de lire au-dessus de son épaule. Elle préfère ça plutôt que de la reprendre à fouiller dans son tiroir.

« Le docteur ne me dit rien. Je voudrais bien qu'il m'en dise un peu plus.

— Que fait donc le Führer ? Et ses armes secrètes, quand va-t-il enfin les utiliser ? Docteur Ebner doit le savoir.

— Il ne m'en a jamais parlé, je te l'ai déjà dit. » Elle a les mains posées sur la table, elles ne tremblent plus.

L'autre insiste :

« Il semblerait qu'il en cache une partie ici même en Bavière, c'est l'information qui circule. Pas trop près de notre Heim, j'espère. Chaque jour en me levant, je me dis que c'est peut-être pour aujourd'hui.

— Oui, oui, peut-être. » Elle se lève : « Je vais aller voir Frau Beate. C'est pour ce soir. »

À peine quinze minutes plus tard, Helga revient. Adelheid demande :

« Alors, Frau Beate ?

— Dilatée à quatre seulement. Ce sera pour demain matin. Schwester Ursula est auprès d'elle. Je ferais mieux de dormir quelques heures. »

Et elle se couche sur le dos. Sous son oreiller, sent le cahier. Son cœur bat vite et fort, comme toujours lorsqu'elle veut se reposer. Elle ne dormira pas, pas ce soir, pas encore. Elle court, et soigne, passe ses journées et ses nuits à multiplier les gestes et à ne penser à rien. Cependant, dès qu'elle est en position allongée les pensées et les mots se bousculent, lui reviennent de manière incontrôlée.

Depuis l'incident, elle reste le moins longtemps possible à l'annexe, où sont les enfants polonais. Et ce ne sont pas des orphelins, cette vieille imbécile de Düsseldorf a évidemment raison. Ses mots hostiles lui reviennent en boucle. Le visage de la vieille se déforme à mesure que Helga sombre dans un demi-sommeil.

Puis Helga remonte d'un coup à la surface, et c'est comme si elle n'allait plus jamais dormir. Elle pense au docteur, il dit souvent que les mères de bonne race renâclent à abandonner leurs enfants. Aussi ne faut-il jamais les contraindre, mais chercher des solutions pour qu'elles puissent les prendre avec elles, dès leur départ du Heim, ou plus tard, au bout de quelques mois, un an… Mais les demandes d'adoption sont nombreuses, il faut donc, ces enfants adoptables, les trouver ailleurs. Ou les prendre ailleurs. Les voler. Pourquoi a-t-elle mis autant de temps à comprendre.

Renée

Le premier cri de l'enfant, léger. Mais la douleur n'a pas encore reflué, si forte que Renée y reste immergée, coupée du reste du monde, elle en vibre tout entière. « *Dein Kind* », entend-elle, la voix de Schwester Helga est légèrement émue, lointaine cependant. « *Ein Bub.* » Ton enfant, un garçon. 15 h 31, le 9 avril. Une odeur de sang et de liquide amniotique couvre celle de la transpiration et de l'alcool désinfectant. L'odeur du monde d'avant, celui où tout flotte, tout est tiède, tout est complet, se mêle à celle de la souffrance et de la blessure, déjà.

Schwester Helga emmaillote le petit, le pose sur une table, parle doucement, Renée comprend le mot *Arbeit*, travail. Et la voit s'affairer à son chevet, sans s'en préoccuper. Maintenant que la douleur s'est retirée, elle a l'impression de ne plus rien sentir, tout est effleurement, égratignure. La tête tournée, elle n'a d'yeux que pour le petit paquet de linge blanc posé, immobile, distingue à peine le minuscule visage cramoisi. « *Also, ganz fertig*[1] *!* » dit Helga d'un air joyeux, en se détournant. Elle prend

1. Voilà, il est prêt!

alors le bébé, et Renée la voit s'éloigner vers la porte, avec lui. « Je peux ? » dit-elle en français, et elle tend le bras, tend la main pour l'empêcher de partir, se redresse dans son lit, veut se lever. Helga tout sourire revient sur ses pas, *nein nein nein*, lui fait signe de se recoucher d'abord, avant de lui présenter son nouveau-né. Renée tourne vers lui les paumes. Helga alors le lui pose au creux des bras, *vorsichtig*, doucement.

Renée tient contre elle le petit, ouvre le linge blanc propre et amidonné, l'ouvre sur des taches sanglantes et sur l'enfant, humide, la peau rouge et fripée, un duvet clair plaqué sur la tête. Il bouge ses mains froissées, ses petits doigts. Les yeux grands ouverts, il lève un regard anthracite vers sa mère, qui sourit. « *So perfekt* », dit Schwester Helga, tellement parfait, comme si dans la perfection il pouvait y avoir des gradations et des intensités différentes. Renée a une larme, une seule dans l'œil gauche, qui se fond dans sa sueur. Elle tient le petit sur un bras, de l'autre le caresse, sa peau est blanche comme de la poudre contre celle rougeaude et crémeuse du bébé. Alors, Schwester Helga arrête son geste, enlève sa main, l'air gênée par cette caresse. Elle referme soigneusement le linge blanc sur le petit corps, en le repliant bien par-dessous. Renée distingue le mot « *schlafen* », dormir, et le mot « *Morgen* », demain. Elle semble soudain calculer, « *Morgen um 5* ». Demain à 5 heures du matin. Et encore, le mot « *Stillen* ». Renée voit que dehors, la lumière est celle de la mi-journée à peine, une lumière qui se reflète partout dans le blanc de la pièce, éblouissante, et elle comprend qu'il faudra attendre l'après-midi, le soir, la nuit entière, avant de revoir son enfant le lendemain matin. Schwester Helga prend délicatement le bébé et l'emporte en souriant, «*Zum Bad, du*». Au bain, toi.

Aussitôt apparaît à la porte une autre infirmière, que Renée ne connaît pas. Sur son chariot, du linge, des draps, pliés parfaitement, d'un blanc bouilli, et une grande bassine d'eau claire.

5 Uhr. Une Schwester conduit Renée jusqu'au *Säuglingensaal,* la salle des nourrissons. Il y a des mères partout, qui prennent chacune leur bébé. Renée a dormi mais assez peu pour avoir eu le temps de pleurer. Au milieu de la nuit, elle s'est réveillée inquiète et seule dans une chambre de la maternité. Douleurs et mouvements fantômes comme si l'enfant bougeait toujours à l'intérieur d'elle, mais il est loin. Elle a eu le souvenir d'un haut-le-cœur. A bu de l'eau, beaucoup d'eau, l'a gardée toute. Une outre pleine d'eau. Triste à crever.

Dehors l'obscurité, pas un soupçon d'aube encore. À la lueur d'une veilleuse, l'enfant dort, emmailloté d'un linge impeccable, sa petite bouche entrouverte. Ses paupières fermées sont teintées de jaune à cause du collyre de nitrate d'argent. Et il a un petit visage griffé. La Schwester dit, à grand renfort de gestes, qu'il a réussi à se débarrasser du linge cette nuit et que, lorsqu'ils ont faim ou pleurent violemment, les nouveau-nés se griffent le visage. Avant que Renée ait pu faire le moindre mouvement, l'infirmière prend l'enfant et la guide jusqu'à la pièce adjacente, pourvue de chaises le long de deux murs, le troisième étant dédié à la table à langer. S'y trouvent déjà une rangée de mères avec leurs nourrissons au sein, certaines essayant de les réveiller, d'autres elles-mêmes à moitié endormies.

L'infirmière ne lui installe l'enfant sur le bras qu'une fois assise.

Le petit semble à Renée d'une fragilité douloureuse. Elle lui fait mal à voir, cette fragilité grosse comme un poing serrée contre elle. Elle défait le linge qui contient l'enfant, il porte une brassière et une culotte qu'elle lui a crochetées elle-même. Aussitôt, il écarte les bras et les doigts.

Petites mains fripées, bec grand ouvert, moue de famine. Petits battements d'ailes les doigts écartés, les yeux encore suturés s'ouvrent quelquefois et semblent voir des ombres, avant de se refermer.

Le bruit d'une chaise qui racle contre le sol le fait sursauter.

Mais la Schwester revient, dit « *Nein nein* » puis pose à Renée une question qu'elle ne comprend pas, et sans attendre une réponse qui ne viendra jamais positionne le nourrisson contre le sein à peine arrondi. Reste quelques instants à surveiller si le nouveau-né prend bien : « *Zwanzig Minuten* », dit-elle en montrant l'horloge au-dessus de la porte. « *Mehr nicht* », et de la suite Renée comprend qu'au-delà de vingt minutes, l'enfant ne boit plus, mais joue, et que vingt minutes est un maximum, il faut viser quinze. Renée regarde la minuscule main fripée posée sur sa poitrine. Le bébé boit, elle le voit au mouvement de son menton et de sa gorge. Elle caresse le petit crâne duveteux, elle sourit. Elle pleure.

Helga

Au loin, un bruit. Des bombardements. Sa main se crispe un instant. Se détend. Dès qu'elle se détend, toujours ce tremblement. Dans le couloir, contre le mur, s'alignent des caisses et des caisses d'archives.

Ce matin, le docteur Ebner lui a demandé d'aider Schwester Gunda à rassembler dans le couloir tous les dossiers conservés dans son ancien bureau, administratifs, médicaux ou relatifs à l'état civil, confidentiels ou non. Au Heim, il y a tellement de documents qui régentent dans le moindre détail la vie de tous les jours : approvisionnement des vivres, embauche de personnel, et jusqu'au décompte en grammes du café consommé dans chaque Heim, tant de courrier venant de partout, lettres de vœux, de remerciements, nouvelles embauches, départs, pour un quotidien réglé à la perfection, un quotidien dont soudain il ne reste rien, une perfection dissipée entièrement, car ici tout vire maintenant au désordre et à la panique.

« Où déménageons-nous nos archives ? » demande-t-elle.

Le docteur ne répond pas. Pendant que Schwester Gunda s'occupe d'un tas de classeurs, elle-même fait le tri sur les étagères, range les documents dans des boîtes. Elle essaie de garder de l'ordre et en étiquetant avec soin, de manière à pouvoir réorganiser tout cela au mieux et le plus vite possible le moment venu.

« Inutile, dit le docteur en la voyant faire.

— Quand viendra-t-on prendre les caisses ? »

Pas de réponse. Elle pense au mois de juillet dernier, quand il a fallu déménager toutes les archives de Munich à Steinhöring. Munich ! Munich après les bombardements tenait à peine debout. À l'époque, tout était soigneusement organisé et l'ensemble des archives sauvées transférées dans la toute première des annexes. Ces caisses iront-elles donc les rejoindre ? Ou le contenu des annexes ira-t-il ailleurs, lui aussi ? Le spectacle de ces boîtes entassées, sans étiquettes, sans mention de rien, où on ne peut espérer retrouver quoi que ce soit, lui serre le cœur. Et ces nouveaux bombardements, nuit et jour, à Munich encore, mais qu'y reste-t-il donc à détruire ?

Helga se tait et range. Le docteur vide lui aussi son bureau. À l'heure du déjeuner, ils ont rassemblé une cinquantaine de boîtes dans le couloir. Le docteur alors s'approche d'elle :

« J'ai gardé la lettre où notre Reichsführer se souvient de vous. Vous la relirez quand vous douterez. Et maintenant allez donc vous reposer un peu, Schwester Helga, il le faut. »

Il secoue la tête, soucieux, une vulnérabilité, presque une

fragilité perce dans son regard myope agrandi par les verres de lunettes, mais l'ombre passe vite, il se tient toujours droit, toujours surmené, presque joyeux. Un croyant qui n'a rien perdu de sa foi.

« Schwester Helga, n'oubliez jamais. *Wir haben eine weisse Weste*. Nous portons une veste blanche[1].

— *Jawohl*, Herr Doktor. »

Il lui tend l'enveloppe dactylographiée et retourne vers les quartiers de la maternité, c'est l'heure de la tournée. Elle glisse la lettre dans la poche de son tablier.

Fronce les sourcils, pince les lèvres. Regarde avec douleur les caisses empilées contre les murs. Dans l'une d'entre elles, distingue d'épais dossiers de couleur sable, ceux que le docteur gardait dans le secret de son coffre, les seuls auxquels elle n'ait jamais eu accès. Déposés en vrac dans une caisse où rien n'est classé, ils n'iront nulle part, elle le sait d'instinct. Elle hésite. S'approche. Retourne inutilement dans le bureau béant, où seuls restent quelques moutons de poussière qui, abrités derrière tant de papier, avaient échappé au plumeau. Sort. Regarde à gauche et à droite, personne. Prend les trois dossiers. Se hâte jusqu'à la majestueuse cage d'escalier, en les tenant contre elle comme pour les faire disparaître. Au loin, nouveau bruit de détonation. Elle serre davantage.

Dans la chambre, Schwester Adelheid est affalée sur son lit, son visage fin à la fois angoissé et allumé. Cheveux défaits, uniforme froissé, tablier de la veille. À côté d'elle,

1. Nous avons la conscience pure.

Schwester Karla écroulée pouffe de rire, en tenant par le goulot une bouteille de schnaps. L'odeur, celle de l'alcool fort, d'haleines chargées. Et même de fumée de cigarettes, Helga en jurerait. Elle ouvre la fenêtre, tenant toujours les dossiers :

« Adelheid, tu es de garde cette nuit. »

Sa main sur la bouche, Karla rit toujours et Adelheid la tire par le bras.

« Viens, on va faire un tour. »

Karla range la bouteille dans la poche de son tablier, se lève. Son vêtement visiblement déformé par le poids du flacon. Elles sortent.

À travers la porte, Helga entend leurs rires redoublés.

Ils s'éteignent. Laissent la place, de nouveau, aux cris et aux pleurs. Les pleurs la rendent malade, ils sont partout maintenant, viennent de tous les côtés d'un Heim viré en enfer, se répercutent sur les murs, se font écho, s'entraînent les uns les autres, elle ne les supporte plus. Pas plus qu'Adelheid. Elle prend une respiration profonde et s'assied sur le bord de son lit. Dans l'enveloppe que lui a donnée le docteur, il y a un seul feuillet d'une lettre dactylographiée qui devait en compter plusieurs. La seconde moitié d'un deuxième paragraphe évoque la « charmante Schwester de Grasberg », qui lui a fait la meilleure impression et « semble être une secrétaire médicale très capable ». Si le docteur le juge bon, elle « serait certainement apte à remplacer Margot Hölzer » au sujet de laquelle il a reçu une nouvelle plainte de Frau, épouse de, qu'il joint à la présente lettre. « Je compte sur toi pour résoudre ce problème, *mein Freund*, mon ami. Le

Heim Hochland est après tout le foyer modèle de notre projet Lebensborn. » La signature se trouvait sur un feuillet suivant. Helga prend son journal intime dans le tiroir de son bureau, y glisse la lettre et écrit.

Heim Hochland, 29 avril 1945

Bruits de bombardements, jour et nuit. Munich. Très éprouvants pour tous.

Les Allemandes ont peur de rester et peur de partir. Toutes les autres ont peur et restent.

Départ de Schwester Ursula, rentrée à Aachen, avant-hier.

Classement et déménagement dans le couloir de toutes les archives du bureau du docteur Ebner.

Remet le journal à sa place. Fait mine d'ouvrir le premier dossier, se ravise, le pose. S'allonge. Elle ferme les yeux. Les ouvre. Inutile d'essayer, de même y penser. Elle ne dort plus que par à-coups, s'endort comme on tombe, se réveille comme on bondit. Et au 29 avril, elle n'a même pas encore commencé à établir le tableau de tâches du mois de mai. Elle a le cœur qui tape comme si elle venait de courir. Dehors, un nouveau bruit d'explosion, qui semble plus proche.

Elle se redresse. Hésite. Finit par dissimuler les dossiers dans son armoire, sous son linge. Tapote sa robe, lisse son tablier. Devant le miroir remet bien droite sa cornette. Visage éteint, la peau fine autour des yeux, celle des tempes, flétries et assombries de fatigue. Tableau des tâches du mois de mai, le faire maintenant.

Dans le couloir, une pensionnaire l'aborde, paniquée :

« Oberschwester, ces bombardements, ça n'arrête plus. Ne faut-il pas que nous nous installions dans les caves avec les bébés ?

— Ne craignez rien, Frau Antonia. Depuis le début de la guerre, Steinhöring n'a jamais été bombardée. »

Dans le couloir des bureaux, toutes les caisses ont disparu. Il est 13 heures.

Vers 16 heures, alors qu'elle examine une jeune accouchée, dont il faudra refaire les sutures, elle sent l'odeur. Une odeur d'incendie, qui couvre celle du désinfectant. Elle pose une nouvelle garniture de coton, remet en place la robe de nuit, le drap, n'écoute pas la femme qui s'inquiète et pose des questions. Sort. Se met à courir, sans savoir pourquoi, pour trouver à quel endroit le Heim brûle. C'est à l'extérieur, côté arrière, non loin de l'étang. Un grand feu. Elles sont quatre à le nourrir, en y plaçant des cartons de documents dont jaillissent des flammes si hautes qu'elle recule de plusieurs pas. Elle ne reconnaît personne. Des employées des services administratifs de l'Office L., qui travaillent dans les annexes. Elle a peu de contacts avec elles. La plupart rentrent le soir, quelques-unes occupent une unité de logement. Elles font des allées et venues avec des chariots remplis de dossiers, de boîtes, de paperasses. Un jeune SS surveille. Elle voit alors, sur le côté, ses propres cartons, s'en approche et distingue sa petite écriture méticuleuse précisant leur contenu. Les prend et les éloigne du feu, un premier puis un deuxième, à grand-peine, à cause du poids. Une femme s'approche d'elle, grosse et l'air méchant, « Que faites-vous ? », et lui reprend la première boîte. « Où est le docteur Ebner ? », demande Helga. L'autre hausse les épaules. Place la boîte au milieu du feu.

Renée

Renée regarde, posé sur sa main gauche, Arne qui dans l'eau se détend instantanément. Arrête de pleurer. À trente-sept degrés, l'eau leur rappelle des souvenirs, lui a dit Schwester Helga qui l'a aidée à faire son premier bain. Il est maintenant 15 heures et Arne est seul à être baigné, dans une des six petites baignoires d'émail le long du mur du *Säuglingensaal*. Elle lui dit, « Tout à l'heure on ira se promener toi et moi ».

Il y a quelques semaines encore, la routine était parfaitement respectée, maintenant il n'y a plus que les heures des repas qui le soient et encore, pas toujours. Renée garde désormais Arne avec elle jour et nuit, car la salle des nourrissons est surpeuplée, et il n'y a plus de berceaux. Le petit dort dans un lit à barreaux avec le bébé de l'autre mère qui partage sa chambre, mais en réalité il dort surtout avec Renée. Elle peut l'allaiter, le changer, le baigner à toute heure, personne ne s'en préoccupe. Derrière Renée et son enfant, plusieurs nouveau-nés se déchaînent, et pas une seule Schwester ni pour s'occuper d'eux, ni pour la chasser elle. Dans la salle, tous les berceaux sont occupés. Certains nourrissons posés sur une grande couverture déployée. Renée les plaint. Puis se dit, ce sont des ennemis, ils le méritent. Parfois tout de même son petit visage fermé s'ouvre de nouveau, comme une main qui se décrispe et se tourne vers Arne. Au monde il n'y a plus qu'elle et lui. Il est le seul à qui elle adresse encore la parole. La colère qu'avant sa naissance elle éprouvait contre lui, l'envahisseur comme elle l'appelait en son for intérieur, s'est évanouie du moment où elle l'a tenu dans ses bras.

« Viens, dit-elle au petit après l'avoir rhabillé, on va aller regarder les feux. » Depuis hier, il y en a plusieurs dans le domaine. D'abord près de l'étang, le plus grand, que nourrissent des SS et des inconnues en y jetant des caisses. Maintenant à d'autres endroits du parc de nouveaux, près des baraques, au moins trois. L'odeur de brûlé est partout. De la salle commune où les tables sont déjà mises pour le petit déjeuner du lendemain, on les voit très bien, surtout le premier, à une quinzaine de mètres à peine. Les cendres s'engouffrent par la fenêtre qu'elle a ouverte. Elles montent et volent, suivent où qu'on aille. Saturent l'air, poussière sombre et compacte. Le moindre souffle de vent est gris et noir, sur fond de fin de journée déjà. Depuis hier soir, on en respire et on en mange, des cendres. On se les frotte dans les yeux, on les tousse, on les pleure. Quand Renée passe la main dans ses cheveux roux, elle lui revient noire. Les cendres forment au bout de quelques minutes une couche légère et argentée sur le tout-petit qui s'est endormi. Elle la chasse et caresse la petite tête blonde. Puis d'un peu de salive au bout de son pouce nettoie les traces carbonisées. Quelques pensionnaires silencieuses sont dehors, regardent sans s'approcher trop, le visage mangé par la grande lumière. Pourquoi ces feux ? Jolis, mais inquiétants, funèbres même, que sont-ils en train de brûler ainsi. Tout ça est mauvais signe, mais Renée y est insensible, l'âme anesthésiée.

Non loin, les langes mis à sécher, habituellement immaculés, ont l'air d'avoir cent ans, ils grisonnent, reflètent l'étrange lumière d'un ciel bouché. La voix d'une infirmière que Renée ne connaît pas la fait sursauter, « *Schliess doch*[1] ». Elle ne comprend pas. L'autre répète, puis s'approche en la repoussant légèrement, referme la fenêtre avec sécheresse, en parlant toujours. Renée saisit les mots *Rauch*, fumée, et *Asche*, cendres, et *Schau mal !* Regarde donc. Elle se sent chassée, comme si elle se mêlait de quelque chose qui ne la regardait pas. Puis elle voit, quand elle se retourne, une pellicule de cendres sur les serviettes blanches du lendemain.

À la lueur de la lampe de chevet, il y a des traces sombres sur la lettre que Renée est en train d'écrire. Pourtant elle s'est lavé les mains et le visage au gant de toilette, s'est même rincé les cheveux, tant la cendre les avait éteints. Mais le bout de ses doigts est de nouveau charbonneux, elle s'époussette les mains, le noir continue à s'étendre sur ses doigts et ses paumes, elle en a jusqu'aux poignets, jusque sur le visage sûrement. En repensant à ces feux, elle ressent un malaise

1. Ferme donc.

qu'elle ne parvient pas à s'expliquer. Elle écrit à Artur Feuerbach, pour lui annoncer la naissance de son enfant il y a trois semaines. Depuis sa fugue et son retour calamiteux au Heim, elle a cessé de lui écrire. Et sans surprise n'a toujours pas reçu de lettre de sa part. Finalement, elle froisse le papier noirci. Le jette dans la corbeille. Manque la corbeille, mais ne se lève pas pour ramasser.

L'hostilité des femmes à son égard ne diminue pas, au contraire. Les choses se dégradant, on lui reproche plus que jamais d'être étrangère, et française en plus. *Du Dirne, du Französin.* Salope de Française. Sans comprendre les mots exactement, Renée devine qu'on lui dit de rentrer chez elle. Car ici il n'y en a vraiment plus pour tout le monde et certaines se battent pire que des hommes. Pour une boîte de lait, pour du pain. Pour un berceau. Et plus personne n'intervient, ni docteur, ni Schwester. Aux questions, plus personne ne répond.

Son cœur insensibilisé s'accommodait de la solitude, du calme, des horaires réguliers. La désorganisation qui maintenant accompagne l'entassement de femmes et de bébés dans un espace de plus en plus étriqué la perturbe. La dérange dans sa tristesse, devenue, depuis la naissance de son fils, presque confortable. Dans ce Heim où depuis qu'elle est entrée tout semble devoir être régulier, raisonnable, paisible, et l'excès toujours réprimandé, le désordre n'augure rien de bon. Ces feux annoncent que la guerre est toute proche. Qu'il lui faudra partir. Dehors il n'y a que la mort. Elle s'accroche maintenant à Arne comme l'enfant effrayée qu'elle est encore à sa poupée bien-aimée. Il dort dans son lit, côté mur, couvert d'un simple drap.

Dans le lit à barreaux dort une toute petite fille, de quelques mois. Renée partage à présent sa chambre avec une mère allemande et une Hollandaise enceinte, Frida et Frauke, et aucune ne connaît la langue de l'autre. Le lit d'enfant sert aux bébés à tour de rôle, parfois aux deux en même temps, mais le plus souvent Arne dort avec sa mère, dûment emmailloté et bordé de coussins. Elles se parlent peu, chacune perdue dans son propre malheur. Leur silence est celui d'une trêve sans amitié, car ici tout commence à manquer depuis quelques semaines, et elles ont faim. Elles savent pourtant que le pire reste à venir. Frida et Frauke, arrivées depuis peu, débarquées dans un désordre indescriptible, sont mortes de peur, Renée le sent. Elle est heureuse qu'Arne soit nourri au sein : elle manque donc, mais lui ne manquera de rien.

« *Doe dat licht toch uit*[1] », c'est Frauke, couchée sur le matelas entre les deux lits, des draps ne dépasse que sa grande tignasse étalée. Renée comprend « *licht* », en déduit qu'il lui faut éteindre sa lampe de chevet. Et se coucher, Seigneur elle est si fatiguée mais le sommeil, elle le sent, ne viendra pas. Elle a les yeux qui piquent à cause de la fumée respirée tout à l'heure. Et cette odeur de brûlé est partout, son lit en est imprégné, elle flotte dans l'air, ou alors c'est qu'elle-même a de la cendre plein la bouche et les narines. Renée éteint,

1. Éteins donc la lumière (en néerlandais).

se tourne vers son petit, doucement pour ne pas le réveiller. Même Arne dégage un parfum de feu.

Dans le noir elle ne s'endort pas. Quelle que soit sa position, elle sent ses os poindre à travers sa peau, inconfortables, durs, presque douloureux. Et elle a l'impression d'un début d'aube, car un peu de lumière passe par l'interstice des rideaux. Elle regarde dormir Arne. Voit passer sur son visage toutes les expressions de toutes les émotions. Devine déjà ce que sera plus tard son sourire.

Une respiration de lapereau traqué. Les mains miniatures se serrent, se desserrent, il tète deux doigts, il a de petits mouvements haletants, sa minuscule poitrine se soulève, s'abaisse, très vite, presque un tremblement. Soudain, il ouvre les mains et les bras, comme s'il allait s'envoler. Gestes incontrôlés, les mêmes qu'avant sa naissance, lorsqu'ils étaient contenus en elle. Il n'aime pas les espaces trop grands, préfère se nicher, se blottir, vivre dans les bras de sa mère, vivre enserré, cloîtré contre elle.

La vibration imperceptible de la lèvre inférieure.

Piaillements, pépiements, bâillements, bruits de succion de ses doigts dans sa bouche, tremblements, hoquets.

Un univers de rêve et d'animalité.

Alors qu'elle le frôle d'une caresse, il sursaute avec un large geste des deux bras.

Le spectacle d'Arne endormi la calme toujours, mais cette nuit ne suffit pas. Elle se lève doucement, entrouvre les rideaux, regarde le parc. Ce n'est pas l'aube qui fait pâlir le ciel, mais les réverbérations des feux qui continuent à brûler.

Que sont-ils donc en train de brûler ainsi jour et nuit ? Des caisses et des caisses de quoi. Elle emmaillote Arne et le pose dans le lit à barreaux, près de l'autre bébé. Le couvre d'une serviette pliée en deux, le borde. De l'index essuie une petite bulle de salive au coin de ses lèvres.

En peignoir, elle quitte la chambre, le bâtiment par l'arrière, dévale les volées de marches. L'odeur d'incendie couvre celle des herbes aromatiques.

Helga

JOURNAL DE SCHWESTER HELGA

Heim Hochland, 30 avril

Nos ennemis ont pris Munich. Nous sommes en train de détruire tous les documents administratifs relatifs à nos Heime. Croisé ce soir le docteur, qui a fini par me dire que les ordres venaient du « plus haut niveau de commandement », du Reichsführer lui-même : « Befehl ist Befehl[1]*. »*

Elle ne referme pas le cahier. Les bombardements ont cessé, le sommeil ne vient pas. Nuit noire, lampe de chevet allumée, mais obscurcie d'un foulard bleu. Dossiers fermés à côté d'elle. Le lit voisin vide, car Schwester Adelheid est de garde.

~~*Je doute.*~~

1. Les ordres sont les ordres.

Elle rature. Elle relit le fragment de lettre où le Reichsführer la dépeint comme une « charmante Schwester de Grasberg qui m'a fait la meilleure impression », remet le feuillet dans l'enveloppe, l'enveloppe dans le cahier. Elle écrase de son doigt peu assuré le coin de son œil droit. La tristesse continue à monter, une vague.

Elle a parcouru les dossiers confidentiels. La majorité des écrits concerne la création du projet Lebenborn et des *Heime*, les détails de leur organisation. De tout ça, elle a tiré quelques documents, qu'elle a glissés tout en dessous du dernier dossier, comme pour les cacher. Un discours du Reichsführer, daté du 14 octobre 1943, avec une note de sa main au docteur « À envoyer à tous les directeurs de *Heime, mein Freund.* » :

> **Il est évident qu'un tel croisement de peuples est toujours susceptible de produire quelques types racialement valables. Je crois que dans de tels cas nous devons sortir ces enfants de leur milieu et les emmener chez nous, même si nous devons les enlever de force ou les voler. Une telle mesure peut paraître étrange à notre sensibilité européenne et d'aucuns me diront : « Comment pouvez-vous être assez cruel pour enlever un enfant à sa mère ? » À cette question je réponds : « Comment pouvez-vous être assez cruel pour laisser de l'autre côté un futur ennemi génial, qui plus tard tuera vos fils et vos petits-fils ? » Ou bien nous récupérerons ce sang supérieur pour l'utiliser chez nous, ou bien, cela peut vous paraître cruel, messieurs, nous détruirons ce sang ! Nous ne pouvons pas prendre la responsabilité de le laisser de l'autre côté.**

Une ancienne lettre au docteur Ebner, datée du 25 août 1941. Elle concerne vingt-cinq enfants de la région de Banat en Roumanie, emmenés au château de Langenzell par la VoMI[1] :

> Du point de vue racial, quelques enfants seulement sont susceptibles d'enrichir notre patrimoine. En tout et pour tout, deux enfants sont valables pour l'adoption. Dix-huit d'entre eux, non valables étant donné leur âge, devront être confiés à des parents nourriciers ou envoyés au travail. Cinq autres devront être totalement rejetés du point de vue racial et biologique. Parmi ces cinq, Agnès Fiala devra être stérilisée étant donné que les jeunes gens dans le camp commencent à s'intéresser à elle. Deux garçons doivent eux aussi être immédiatement stérilisés ; l'un, Nikolaus Reiszer, parce qu'il est tuberculeux, l'autre, George Kuhn, parce qu'il a l'air dégénéré, avec ses oreilles décollées et ses épaules tombantes.

L'évocation de cette stérilisation lui rappelle Frau Geertrui. Schwester Helga ferme les yeux, *Mein Gott, mon Dieu, je ne savais pas.*

Il y a aussi d'autres lettres adressées au docteur qui l'ont glacée, elles concernaient des injections hormonales à des fillettes de l'Est de catégorie I à la Heimschule d'Illenau à Achern, pour que leur puberté soit accélérée.

Une liste noire de l'Office allemand de l'adoption, noms, dates et lieux de naissance, des centaines, des milliers

1. La VoMI (Hauptamt Volksdeutsche Mittelstelle) est une agence nationale-socialiste dont la mission est de défendre les intérêts des Volksdeutsche, c'est-à-dire les descendants d'Allemands, nés et vivant hors d'Allemagne.

d'enfants non adoptables. Il est écrit où ils sont nés, mais pas où ils se trouvent maintenant.

Les échanges entre le docteur Ebner et plusieurs familles d'adoption, qui se plaignent que l'âge administratif de l'enfant ne correspond pas à l'âge biologique. L'un d'eux, un Obersturmführer, s'étonne. S'il s'agit bien d'un orphelin allemand, comment est-il possible d'ignorer sa date de naissance ? Si la date de sa naissance est inexacte, en connaît-on le lieu ? D'où cet enfant vient-il donc ?

La correspondance entre le docteur Ebner et Günther Tesch, le juriste du Heim. Relative notamment aux nouveaux extraits de naissance dont il faut pourvoir les enfants *guten Blutes*, de bon sang. « Les noms et les prénoms doivent être si possible germanisés, de façon que les nouveaux noms se rapprochent le plus possible de la racine et de la consonance des noms d'origine. Sinon, il faut leur attribuer des noms allemands usuels, en évitant ceux qui ont une tendance confessionnelle. » Il y est question de l'absence de souvenirs chez les plus jeunes, d'enfants qui ne mettront que quelques mois avant d'oublier leur nom de naissance et leurs parents biologiques, question d'une table rase, d'une pâte vive dans laquelle modeler nos futurs guerriers.

La correspondance entre le docteur Ebner et des responsables de l'orphelinat SS de Kalisz en Pologne où il s'est rendu quelquefois. Elle concerne des enfants allemands et Volksdeutsche, germains et germanisables, polonais, yougoslaves, roumains, russes, des enfants français, autrichiens et norvégiens, des enfants de criminels fusillés, de résistants exécutés, des orphelins et des enfants appréhendés en vertu d'ordres spéciaux, des enfants volés « dans l'intérêt des enfants » eux-mêmes. Tant d'enfants. Les plus âgés confiés à la NSV et à la VoMI. Les plus petits au Lebensborn. Heim Pommern à Bad Polzin, Heim Taunus à Wiesbaden, Heim Alpenland à Oberweis. Et Heim Hochland à Steinhöring.

Des enfants répartis en catégories, I, II, III, IV. La manière de les mesurer debout, assis, de leur mesurer le crâne, le bleu des yeux et le blond de leurs cheveux. Des précisions sur les angles des portraits à réaliser. La catégorie I et certains enfants de catégorie II étant destinés à être germanisés. En date du 27 juin 1942, une lettre d'un certain Obersteiner annonce que des enfants yougoslaves de catégorie I et II âgés de six mois à six ans seront transférés au Heim Hochland, « responsable des soins » qui leur seront donnés « ou de leur placement en adoption ».

Enfants abandonnés, enfants pris au hasard, enfants nés dans les KZ, envoyés dans des camps de travail, dans des camps de l'Office de rapatriement allemand, enfants de mères déportées, de mères mortes ou vivantes, enfants de parents rebelles, de parents expulsés, réinstallés, déportés, exterminés. Enfants utiles et inutiles. Valables, non valables. Faisant bonne impression, mauvaise impression. Soignés ou stérilisés ou déportés ou morts. Envoyés dans des camps spéciaux pour mauvais enfants, dans des institutions pour enfants valables, Heimschulen, écoles du Reich, Napola, BDM, Majdanek, Auschwitz.

~~*Si nous avons bien fait, pourquoi détruisons-nous nos archives ?*~~

Elle rature jusqu'à ce qu'aucun mot ne soit plus lisible. Son stylo plume troue le papier sur plusieurs feuilles. Elle lâche. Sa main vibre. Ses yeux pleurent. Sa bouche s'ouvre, se ferme, muette.

Détruire, détruire tout ça.

Elle se lève, prend les trois dossiers, y range les documents qu'elle en avait tirés, même le discours du Reichsführer avec la note manuscrite.

Renée

Non loin de l'étang, ce feu de papier pareil à un feu de paille. Au milieu, une caisse pendant de longs instants semble ne pas s'enflammer, puis brûle d'un coup, en laissant échapper des flammes de plusieurs mètres.

Il n'y a plus personne qu'un jeune SS, qui nourrit le foyer. Il lui jette un long regard, prend un nouveau carton. Renée s'approche, elle fait face au feu, qui lui brûle le visage. Elle se détourne, recule de deux pas. Ramasse quelques feuilles. Les lève devant ses yeux : tout en allemand, une typographie gothique, des noms qu'elle ne connaît pas. Un dossier, celui d'une femme, Ingeborg Blank, avec une photo face profil et trois quarts. Un visage sévère, des cheveux nattés. Renée déchiffre des mots, *Kindesvater*, ça veut dire père de l'enfant, et le nom d'un homme, Rudolf Werner, ses données, sa date de naissance, son grade militaire, son adresse, plusieurs paragraphes rédigés à la main. Elle lâche.

Elle titube, passe d'une jambe sur l'autre. D'un revers de bras essuie son visage, brûlant et coulé. La réverbération du feu rougit encore ses cheveux, semble les allumer. Ils boivent la chaleur jusqu'à l'incandescence, si bien qu'elle ne parvient plus à passer sa main dedans. Ils vont s'enflammer si elle reste là. Fondre comme du métal cuivré.

Là-dedans, dans une de ces caisses, il y a son dossier à elle. Celui d'Artur Feuerbach. Son adresse. Tout ce que de lui elle ne sait pas, n'a pas eu le temps de connaître. Il y a là-dedans l'espoir de le retrouver un jour. Peut-être les cendres qu'elle a essuyées sur sa robe étaient-elles celles de leur propre dossier.

D'Artur Feuerbach elle garde une photo déchirée et recollée, mais toujours froissée. Une lettre tellement manipulée que ses plis commencent à céder, la fibre du papier à lâcher, il y a quelques jours il lui a semblé que l'encre avait pâli, et depuis, elle l'a remise dans son enveloppe sans plus oser y toucher, comme une relique. De cet homme ne lui reste plus rien qu'une feuille de papier en lambeaux. Et Arne. Elle se dit, Arne ne connaîtra pas son père. Et tout de suite elle est prise d'une colère qui lui tord les traits. Quel gâchis, Arne si beau, si parfait, si innocent, et pas de père pour le chérir et le protéger. Artur Feuerbach les a abandonnés, en choisissant d'aller se battre et sans doute de mourir. Que ces feux montent et brûlent tout, brûlent toutes ces putes à Fritz, qui la prennent de haut, qui murmurent *die Französin* quand elle passe, murmurent, ricanent. Que ces feux crament tout, lavent tout, et que les salopards de Français et les salopards de Boches s'entretuent et qu'il n'en reste plus un seul. Salaud de Boche, crève donc. Crève, Artur Feuerbach !

Helga

Près du feu le jeune SS – dix-sept ans ? –, la bouche décrochée, regarde sans un geste Frau Renée à moitié nue papillonner autour du feu. Renée retourne des feuilles, les ramasse, les jette, essaie d'en déchiffrer certaines. Des gestes emportés, fiévreux, sa vie ne tient qu'à ça. Un pan de sa robe de chambre prend feu, elle se met à tourner sur elle-même comme une toupie. Helga dépose ses trois dossiers par terre, se jette sur elle, prend la robe brûlante entre ses mains, éteint la flamme en l'étouffant, Renée sent le poil roussi et la cendre. Elle recommence à fouiller dans les documents semés au sol, elle fouille comme si elle creusait des trous, qu'il lui fallait déterrer quelque chose. Helga lui secoue l'épaule, « *Was ist los mit dir ?* » Que t'arrive-t-il ? Renée la regarde brièvement, « Où est-il ? ». Et elle se dégage, et ramasse du papier de ses mains brûlées, tout un paquet, garde tout ce qu'elle peut contre elle.

Elle s'approche du feu et se penche pour s'emparer d'une feuille épargnée. Une mèche rousse prend feu, qu'elle éteint de ses paumes. Il y a dans ses cheveux, maintenant taillés à la diable, des cendres qui les blanchissent et la vieillissent cruellement. Une odeur brutale de phanères brûlés, un regard d'animal pris dans un incendie de forêt. Elle tient dans les mains une poignée des feuilles arrachées au hasard du brasier, de l'herbe tapissée de blanc et de carbonisé. En face, le feu redouble. Là-haut le ciel s'éclaire, l'aube déjà. Le SS vient de placer au centre une nouvelle caisse, qui s'embrase, d'abord doucement, les bords du bois, puis quand le feu atteint le cœur de papier, les flammes jaillissent d'un coup. Elles s'élancent vers le ciel, se mêlent à lui. À la lumière tourne une neige de cendres, elles tournent, tournent, quand se poseront-elles. La chaleur s'intensifie, lui brûle le visage. Sa peau suinte et la cendre vient se coller dessus, la grise, l'efface.

Helga reste là, de longues minutes, la main posée sur l'épaule de Renée, qui ne bouge plus, la petite épaule en osselets d'oiseau, en cartilage. Que va-t-elle devenir, celle-là. *Völlig übergeschnappt*[1], cette *Französin*. De plus en plus jolie chaque jour, et de plus en plus folle. Et comme elle semble jeune. Une mère-enfant. Bientôt quarante-huit heures que les feux brûlent. Ils auraient aussi bien pu incendier les annexes tout entières – en bois, ça n'aurait pas pris deux heures. Et le Heim aussi tant qu'à faire. Il y a maintenant des papiers partout, des papiers intacts, des fragments, des cendres et des cendres. Où qu'on marche, dedans ou dehors, des feuilles dépareillées et du papier brûlé.

1. Folle à lier.

Elle regarde les cartons se consumer, les écritures et les mots disparaître. Disparaître les origines de tous ces enfants, qui ne parlent pas et viennent d'on ne sait où. Disparaître l'espoir que quelqu'un puisse les retrouver un jour. Regarde le feu effacer leur passé. Ne faut-il pas qu'elle fasse quelque chose, elle ne bouge pas. Elle ne bouge pas. Hypnotisée par les flammes.

Ramasse les trois dossiers. Les place au milieu du feu, recule. Couleur de sable. Couleur de feu. Couleur de cendre. Poussière. De la main gauche attrape sa main droite pour qu'elle cesse de grelotter.

Marek

Un abri, un gîte, une idée de cabane, taille réduite, en réalité une poubelle pour débris végétaux, la caisse fait environ un mètre et demi de large pour une longueur de trois – avec un couvercle de planches qui grince quand on l'ouvre. Des insectes, pas méchants, des coléoptères, des vers de terre. Un mulot parfois, mais qui fuit au moindre mouvement. Marek pensait se cacher juste une nuit, mais c'est déjà le quatrième jour. Il s'y est fait un trou et il s'y terre, recroquevillé entre les branches et les feuilles sèches dont il a tapi sa tanière, elles le protègent de l'humidité des végétaux en décomposition.

Quand il a su que le KZ retournait à Dachau, il a fui, s'est caché dans cet endroit qu'il connaît bien. Il ne veut pas retourner à Dachau, jamais. C'était samedi, le 28 avril. Aujourd'hui, mardi 1er mai, il attend toujours que les SS viennent le chercher, attend qu'on l'abatte. Il sait se rendre invisible dans les déchets, il sait aussi que c'est un endroit où on le cherchera, une cachette évidente. Où les chiens le trouveront tout de suite. Mais en quatre jours personne n'est venu. Personne n'a cherché. Sont-ils donc simplement partis comme prévu, sans se préoccuper de lui ? Le soleil perce la ramure des arbres, et passe ensuite à travers les interstices du bois. Il aimerait se coucher au soleil, dans l'herbe, peut-être y aurait-il plus chaud. Il doit être 9 heures du matin, 10 peut-être, et comme tous les jours il se dit qu'il partira la nuit prochaine. Et ne s'y décidera pas.

Pour boire, il attend la nuit tombée. Il boit l'eau à même l'étang, couché à plat ventre, lape l'eau et son parfum de vase et sans doute les minuscules organismes que l'obscurité l'empêche d'y voir flotter.

Après avoir bu, il regarde les feux, de l'autre côté de l'étang, au moins trois. Même s'il n'en distingue clairement qu'un seul, les plumes de fumée et les cendres enflammées en révèlent d'autres, parfois le vent lui en apporte la senteur. Un vent chargé de l'odeur des feux. Nuit et jour, ils brûlent. Quand il est trop fatigué, il s'allonge sur le dos, dans l'herbe, regarde les étoiles. L'estomac douloureux, une outre pleine de liquide et de bruits d'eau dès qu'il fait un mouvement. Il a du mal à fixer sa pensée. Dans ses moments lucides, il se dit qu'il ne parvient plus à réfléchir, qu'il perd l'esprit, qu'il devient une bête, de nouveau, qu'il entre en hibernation en plein printemps. Il n'a plus de tête, il est un ventre, une douleur au ventre, il est devenu la faim, plantée dans un cœur d'animal.

Hier, il avait des cendres en bouche, il y en a plein l'étang, et aussi des papiers en surface, échappés au feu. Il a récupéré sur sa langue ce qu'il pensait être un bout de feuille d'arbre.

À la lumière du jour c'était une rognure blanche, brûlée sur les bords, avec des mots incomplets. Il l'a mangée.

Quatre jours qu'il se nourrit d'épluchures moisies et de pommes de terre crues, il a gratté toute une nuit, celle du dimanche au lundi, dans le petit champ limitrophe à la recherche de légumes frais. Le dimanche, des femmes qu'il a identifiées comme des servantes étaient venues voir si des légumes n'avaient pas été oubliés, elles étaient reparties les mains vides, mais en lui donnant l'idée d'aller creuser à son tour, il en a trouvé trois, c'est donc qu'elles avaient moins faim que lui. Quant aux épluchures, il a eu le temps de bien les trier, de mettre de côté les moins entamées. Il s'est fait un genre de garde-manger dans un coin de l'abri. Il en chasse les insectes. Plus personne n'apporte d'épluchures fraîches, elles n'ont plus le temps d'arriver ici, sans doute dans la grande maison non plus n'y a-t-il plus rien à se mettre sous la dent, elles doivent les manger elles-mêmes se dit-il. Il ne sait si ses douleurs d'estomac sont dues à la faim, à l'eau de l'étang, à la nature des aliments ou au malheur. Elles rayonnent jusque dans son crâne et dans ses dents.

Il sait qu'il a de la fièvre, que c'est cette fièvre qui l'empêche de partir, il frissonne nuit et jour, il a le tournis quand il se lève, tous ses muscles sont infusés de douleur et de faiblesse. C'est la fièvre qui lui donne ces rêves bizarres, lui fait supporter les insectes sur sa peau. C'est à cause d'elle qu'il n'arrive plus ni à dormir vraiment ni à s'éveiller tout à fait. Il se reprend à compter, *Eins Zwei Drei*. Ses cicatrices dans le dos le démangent. Il se demande si la fièvre a le pouvoir de rouvrir les plaies fermées, si elle peut lui crever la chair comme un fruit trop mûr que la chaleur fait éclater, il sent sa peau couler, suinter, dégorger des sucs, sueur, sang, lymphe, jus, sa peau est en train de fermenter. *Vier Fünf Sechs.* Il sent de l'urine chaude lui couler sur les talons, il frissonne.

Tant qu'il fait noir, il reste dehors. Dès les premières lueurs de l'aube, il se terre sous la trappe de bois, s'enterre dans les plantes mortes et la moisissure et le grouillement. Les femmes se lèvent tôt, dans la grande maison blanche ; un peu avant 5 heures, des lumières s'allument, des rideaux s'ouvrent, même si elles ne sortent que bien plus tard. En matinée ou en fin de journée, les jeunes femmes travaillent un peu, elles s'occupent du linge, ou de préparer des légumes sur la pelouse. Mais surtout, elles se promènent, et quand elles se promènent, elles font le tour de l'étang. Toujours. Et presque toujours dans le même sens, celui des aiguilles d'une montre. Elles passent, rarement seules, souvent par petits groupes, deux, trois, quatre femmes. Passent à quelques mètres de lui. Quelquefois s'asseyent au bord de l'eau, si proches qu'il les entend bavarder, saisit au vol quelques mots d'allemand. Parfois aussi ce sont les infirmières, qui poussent de vastes landaus dans lesquels se trouvent trois ou quatre enfants. Mais depuis deux jours, il ne voit plus d'infirmières, peu de femmes. Moins de mouvement du côté du Heim.

Et à part les servantes venues chercher les pommes de terre, une seule visite, hier. Vers midi, alors qu'il était caché dans son trou, trappe fermée, à somnoler, à regarder les rais de lumière traverser les planches. En entendant un bruit de pas si proche, il s'est glacé. C'était la première fois que quelqu'un s'aventurait si près. Les pas étaient légers, ceux d'une personne seule. Puis une voix, qui chantonnait. Une femme. Une odeur de feu et de cendres. Il n'a pas bougé. Elle chantonnait une berceuse française. Les pas se sont éloignés.

Il s'est redressé, des branches craquaient et le bruit l'a fait s'immobiliser de nouveau quelques instants. Entre les interstices, il l'a vue, de trois quarts, au bord de l'étang, où elle s'était assise. Il a vu ses cheveux flamber, sa silhouette s'aiguiser dans la lumière, la tête du minuscule bébé. C'était la grande fille rousse, celle qu'il avait croisée, tondue, à cet endroit même l'été dernier. Elle avait maintenant des cheveux aux épaules et un parfum de brûlé, il se rappelait très bien son visage, enfantin encore, et ces yeux d'un vert impur. L'enfant dans ses bras était tout petit. Il a calculé alors que son bébé à lui devait être plus vieux, mais à peine, un peu plus de quatre mois, que Dieu le protège. Elle est restée là un quart d'heure peut-être, en berçant le petit et en lui chantant, encore et encore, des mots indistincts puis des fredonnements. Il ne s'est pas montré. Elle s'est relevée en jetant un dernier regard autour d'elle. Est repartie en fredonnant, s'est interrompue un moment pour écouter le petit gazouiller.

Lorsqu'il les a jugés suffisamment éloignés, il a ouvert la trappe grinçante. A fredonné la berceuse à son tour, juste la mélodie, sans les paroles.

Et depuis, depuis qu'il a vu ce nouveau-né sur le bras de cette fille, il pense sans cesse à l'enfant de Wanda. Il l'imagine, le voit, il en rêve dès qu'il ferme les yeux. Oublie presque l'odeur de la cellulose en décomposition, de la moisissure, sent presque son odeur chaude et sucrée et laiteuse de bébé.

Helga

Ni présente à son poste ce matin, ni au déjeuner, Adelheid reste introuvable. Après le repas, Helga monte dans sa chambre. Ouvre l'armoire : vide. Un briquet abandonné. Referme. Regarde par la fenêtre, le parc, pas là, plus là. Plus qu'un seul feu, près des annexes, devenu invisible, on sent juste l'odeur du papier et du bois brûlés. Pour le reste, des cendres, partout, et des feuilles, des feuilles entières, des débris dactylographiés, des bouts de lettres écrites à la main, des vestiges de documents, l'impression dès qu'on met le pied dehors de marcher dans les mots, les noms, la poussière et la cendre, de piétiner le passé, le présent, l'avenir.

Elle quitte la chambre. Dans le quartier des pensionnaires, une femme se roule par terre au milieu du couloir dans l'indifférence générale. En haut, les cris d'une violente dispute. Partout, des hurlements d'enfants. Par les fenêtres ouvertes, on entend à la fois ceux du Heim qu'on vient de sortir et ceux qu'on a casés dans l'annexe, des enfants hurlant, infusés de l'inquiétude que provoquent le rationnement des vivres et la peur de celles qui les soignent. On les entend par vagues, des moments de répit et puis ça monte et se multiplie, ça vient de partout.

Dans le couloir des bureaux, elle manque de se faire renverser par deux soldats qui transportent une commode massive vers le hall d'entrée. Derrière eux, Max Sollmann qui depuis plus d'une semaine supervise un déménagement de caisses, de meubles et de miroirs. Tout part dans des camions, que des soldats sont sans cesse en train de charger. Les véhicules reviennent vides et on les remplit ensuite de nouveau. Des tapis, de la vaisselle, des tableaux, des boiseries, de jolies choses sculptées, des boîtes qui semblent peser lourd. Elle secoue la tête. Les SS qu'on ne voyait à l'intérieur du foyer que pour les Bénédictions du Nom s'y déplacent maintenant comme dans un pigeonnier, et c'est comme si en vidant le Heim ils y faisaient entrer la guerre. Cela ne semble plus vraiment avoir d'importance, qu'ils soient dedans ou dehors, qu'on les voie ou qu'on les cache. Une des pensionnaires, épouse d'un Obersturmführer, lui a parlé hier d'un « évident manque d'égards », et c'est sans doute ce qui augmente encore la panique des femmes. Que vont-elles devenir ? Où emmènent-ils toutes ces choses ?

Le docteur n'est pas dans son bureau, mais dans la salle de travail. Il la fait entrer sans lever les yeux, en enfilant des gants chirurgicaux, « Dites-moi, Schwester Helga.

— Herr Doktor, Schwester Adelheid est partie. Vous a-t-elle dit quelque chose ? »

Il semble ne pas l'entendre.

« Schwester Helga, je vous prie de faire vérifier la

température de tous les nouveau-nés de la salle d'abord, puis de ceux qui sont avec leurs mères. Schwester Barbara a détecté une pneumonie chez le petit Wolfgang. Il est isolé en ce moment.

— Il ne nous manquerait plus qu'une épidémie, docteur. » Schwester Helga a la voix qui tremble un peu.

« Et Frau Elise faisait trente-neuf ce matin, je n'ai pas eu le temps…

— Entendu, docteur.

— Frau Gudrun est entrée en travail, un premier comme vous savez. Les prochaines heures seront tranquilles…

— Je jetterai un œil, docteur. »

Il souffle à voix basse, en indiquant du menton le paravent, de l'autre côté duquel se trouvent une pensionnaire et une jeune Schwester qui lui pose des questions.

« Frau Ilse. J'espère éviter la césarienne. »

Le regard rapide et soucieux, il se dirige vers le paravent. Schwester Helga quitte la pièce d'un pas vif.

JOURNAL DE SCHWESTER HELGA

Heim Hochland, 2 mai 1945

Adelheid partie, sans rien dire à personne. Adelheid, Ilse, Vera, Heide, toutes parties. Parfois j'ai l'impression que le vent nous amène le bruit des balles. Mais hors du Heim, ce n'est pas mieux que dedans. Et puis, quoi qu'il en soit, je ne partirai pas. Sans Schwestern pour les soigner, que vont devenir tous ces petits, les femmes malades, celles qui sont sur le point d'accoucher ? J'ai peur, mais comment vivre avec l'idée de les abandonner, surtout les enfants. ~~*Chaque fois que j'en tiens un dans mes bras, je repense à Jürgen. Qu'est-ce que ce pauvre petit a à voir avec tout ceci ? Rien, absolument rien. Insupportable d'y revenir sans cesse. Mes pensées sont devenues une maladie, elles me mangent, et je me méprise de me laisser dévorer. Le seul moyen que j'ai trouvé de chasser le visage de cet enfant et de sa mère, c'est regarder les visages d'autres femmes, d'autres enfants, toujours plus de femmes et d'enfants derrière lesquels oublier ces deux malheureux.*~~

Marek

C'est l'aube, l'aube du 3 mai calcule-t-il. De loin, des bruits de moteur, ils viennent du côté de la gare, puis le silence. Le silence plein, habité de tous ces bruits minuscules qui depuis cinq jours bercent Marek. Le vent dans les branches au-dessus. Les feuilles froissées. Le vrombissement des insectes, si intense qu'il pourrait être au milieu d'une ruche. La pulsation de son sang. Le sifflement de sa respiration, imperceptible. Il n'a pas envie de bouger. Seulement de dormir. Mais il a peur de dormir. Hier il a rêvé que des larves pénétraient dans ses cicatrices, rentraient dans sa bouche, dans le trou de ses dents tombées. Il s'est réveillé en criant puis en crachant, et il est sorti, sorti avec horreur de sa cachette, en plein jour, transpirant et fou. La fille rousse au bébé n'est pas revenue. Il se dit qu'il en sera bientôt à manger de la terre et du bois, bientôt il sucera des pierres, il mordra le sable et la poussière. Et cette nuit en buvant l'eau à même l'étang, il s'est demandé si ce n'était pas plutôt l'eau qui était en train de le boire et de l'engloutir de l'intérieur. Et en se cachant au lever du jour, il s'est dit que s'il mourait ici, les insectes l'envahiraient, le digéreraient comme de l'herbe, des feuilles mortes, il se fondrait dans le végétal et la terre.

De nouveaux bruits de moteur, plus proches. Il s'enterre un peu plus profond dans l'humus macérant, dans l'herbe coupée, dans la terre vivante, s'inquiète du bruit des branches et de son propre souffle, du mouvement de sa cage thoracique. Devant son nez une petite feuille vibre comme une aile à chaque expiration. Des bestioles lui courent dans la nuque. Vrombissement des mouches. Il ne respire plus. Il voit au-dessus de lui le bois des planches, fixe les longs rais de lumière. Se demande si c'est cette lumière qui amplifie son mal de tête. Elle bouge, se dilate, puis se rétrécit, comme si elle vivait.

Le bruit du véhicule s'approche encore, s'immobilise. Quelques instants plus tard, des voix d'hommes. Ce n'est pas de l'allemand. Ils crient, Marek ne comprend rien sauf que c'est de l'anglais et que plusieurs hommes se dirigent de son côté, peut-être pour le chercher, peut-être pour pisser, peut-être pour se positionner. Il ne bouge pas. Quelqu'un ouvre le couvercle, sous lequel se trouve Marek, qui ne voit personne. Un homme crie, *lui* crie quelque chose, c'est ce que pense Marek immergé dans le végétal. L'homme doit le voir, il voit la paille et les branches bouger et son torse se soulever et son cœur battre. Il n'y tient plus, plutôt mourir debout qu'enterré vivant. Il se redresse, se dégage du tas de feuilles et de débris, d'abord le haut du corps, puis se lève. Les mains en l'air, des branches dans les cheveux, un épouvantail de boue et d'ordures. Ne voit pas tout de suite les hommes, ni le blindé, à une vingtaine de mètres. Ni même le soldat, qui se tient tout près. Ne voit plus rien. Trop de lumière. Les jambes fauchées, s'effondre.

Sent des mains lui saisir les bras, le soulever, le sortir de la caisse, entend des voix, beaucoup de voix ou alors c'est qu'elles résonnent comme dans une cathédrale. Distingue une odeur intéressante. Du chocolat, qu'on lui tient sous le nez. Il ouvre grand les yeux et le mange, mange presque ses propres doigts, le regard dans le ciel.

Le ciel est un éblouissement, Marek est enveloppé de la tiédeur d'une fin de printemps magnifique. Lorsqu'il se relève, le prennent à la gorge les effluves du parc, un mélange de jasmin sauvage, d'aspérule et de violette, il vacille, devant ses yeux tout devient noir, puis le monde s'ouvre de nouveau et il fixe trois hommes, des soldats américains très jeunes, encore plus jeunes que lui, qui remontent dans leur blindé. L'un d'eux lui fait un signe de la main avant de disparaître. Le véhicule s'avance vers le Heim. Marek comprend que la guerre est finie. Il a une larme. Il va rentrer chez lui. Chez lui, c'est où se trouvent Wanda et leur enfant. Les rejoindre où qu'ils soient. Marek sourit, un sourire un peu creusé à la joue gauche, là où manquent trois dents. Sourit au ciel de son grand sourire troué, et le ciel lui caresse le visage. Il s'écroule.

Helga

Des cris. Forts. Elle émerge. Couchée à 6 heures du matin, après avoir aidé Frau Gudrun à mettre au monde une petite Brunhild un peu avant 5 heures. Après avoir vérifié, à 5 h 15, que la fièvre de Wolfgang était retombée. Elle se redresse malgré la fatigue : plus que d'habitude, les cris. Comme des hurlements à la mort, et pas qu'une seule femme, plusieurs. Elle s'habille en vitesse. Cela vient d'en bas. Un attroupement. Des pensionnaires, des *Schwestern*, des bébés. Des femmes s'époumonent, l'une d'entre elles braille, dans l'un des bureaux administratifs du rez-de-chaussée, le dernier du couloir. En train de s'érailler la voix que c'est impossible, et pas admissible et son mari les enverra tous crever à Dachau. Folle de peur, elle hurle et ne voit plus rien. Tous les bureaux sont grands ouverts. Vides. Les armoires qui s'y trouvent aussi.

Helga prend par le bras Schwester Helena, qui essaie de calmer une mère en sanglots, assise par terre avec un enfant. Apprend ainsi que les SS sont partis, et les administrateurs, et les responsables. Même l'Arbeitskommando. Tous.

« Partis où ? demande-t-elle.

— Partis dans la nuit. » Schwester Helena ricane, « Il n'y a plus un seul homme dans tout le bâtiment ».

Apparaît alors dans le couloir le docteur Ebner, très droit et en uniforme impeccable de SS-Obersturmführer, cet uniforme qu'il n'endosse que pour les cérémonies du Nom. Il sort de la salle de travail. Il a encore du sang sous les ongles. Toutes les femmes se taisent, sauf celle qui hurle. Il lui pose une main sur l'épaule, et ce contact l'apaise aussitôt. Il dit de ne pas s'inquiéter, d'attendre tranquillement, de s'occuper plutôt de leurs petits, qui sont le futur de notre pays et notre espoir. Et de la même voix que d'habitude : « Günther est né à 8 heures et 4 minutes, 3 kilos 600 grammes, tour de tête 35 centimètres », puis il caresse le petit crâne d'un autre nouveau-né qui dort contre sa mère. Et il passe, comme si de rien n'était. Se dirige vers l'entrée du Heim.

Un poupon sur le bras, une femme qui regarde par la fenêtre crie alors : « Un blindé ! » Helga s'approche : des blindés se positionnent autour du Heim, elle en compte deux à l'avant, et à l'arrière, derrière l'étang, au moins trois. Elle dit aux femmes de s'éloigner des fenêtres et de retourner auprès de leurs enfants. L'une d'entre elles se met à pleurer, d'autres à courir, un poulailler de volatiles terrifiés.

Helga se dirige vers la porte principale, que le docteur Ebner a refermée derrière lui, ouvre. Depuis le seuil, voit que le docteur se tient mains levées au milieu de la Münchener Strasse. Un blindé s'avance vers lui. Elle reconnaît un drapeau américain. À l'intérieur du Heim, les cris de femmes, de bébés. À l'extérieur, le bruit des moteurs et des voix d'hommes. Des GI's sortent du véhicule, une demi-douzaine, visages poupins, l'un d'eux jette un regard en direction de l'infirmière. Elle voit un des soldats, *un nègre*, aligner le docteur Ebner contre la guérite vide, un autre le tenir en joue, elle entend un claquement, elle ferme les yeux, les pince jusqu'à la douleur. Puis une voix d'homme, « *Don't shoot! Don't shoot!* », et elle ouvre les yeux. Un GI avec une croix sur le casque, un médecin. Les hommes baissent leurs armes, mais le docteur Ebner garde les bras levés, attend toujours qu'on le fusille. Il n'a pas dit un seul mot, pas baissé les yeux, il attend et le coup ne part pas.

Les soldats américains sont dix puis des dizaines, à entrer dans le Heim, avec leurs armes braquées et bientôt pointées au sol, bouche bée devant le spectacle, menton décroché, les yeux immenses, à voir toutes ces femmes et surtout ces salles pleines de nourrissons et d'enfants en bas âge, plus d'une centaine, se roulant dans un fouillis de matelas épars, de tapis, de linge, de lits de bébé, des enfants abandonnés sur des pots, des pots renversés au sol, et ce vacarme, ces cris, ces hurlements, ces vagissements, et certaines mères qui viennent tirer sur leurs uniformes avec des suppliques en allemand et ils les repoussent doucement. Schwester Helga entend des soldats qui rient, peut-être aussi de soulagement, distingue les mots de *nazi whores*. Des rires d'hommes très jeunes, ils se demandent où ils ont bien pu tomber et un instant cessent d'avoir peur.

Renée

À côté d'une fenêtre ouverte de la salle commune, elle tient Arne contre elle, un bras replié, malgré le drap d'enfant qu'elle a solidement noué autour de lui et de son propre corps. Elle est prête à courir vers le fond du parc, à gagner les champs, à attraper la mort. Elle hésite : à une dizaine de mètres du Heim, il y a plusieurs blindés. Quinze hommes, des carabines M1 à la main, s'engouffrent en même temps, au pas de charge. Des éclats de voix. De l'anglais. L'un d'eux s'approche des fenêtres et des trois femmes qui s'y tiennent. Il rit en s'adressant à ses camarades derrière. Il ressemble à Artur, même taille, même silhouette, même structure de visage. Il rit en dévisageant Renée peut-être parce que sa peau est rouge, à vif depuis la nuit où ils ont tout brûlé. Son regard est dur, méprisant. Il crache par terre. Le crachat tombe à quelques centimètres des pieds du groupe de femmes. De Renée.

Elle se précipite sur lui et, le bras gauche replié sur Arne, le frappe à la poitrine du poing droit. Puis au visage. Le soldat lui saisit le bras, la repousse avec violence. Elle tombe en arrière, les bras fermés sur l'enfant. Arne se met à pleurer. Renée relève les yeux sur le soldat, avec haine, se redresse.

Il est déjà parti.

Elle le hait de la même haine qu'elle éprouve maintenant pour Artur. Artur Feuerbach est vivant. Schwester Helga le lui a dit, après la nuit où ils brûlaient tout dans le parc. La joie de le savoir en vie s'est presque aussitôt changée en colère. Il est vivant et ne lui a pas écrit, pas une seule fois. « Et donc il va revenir », a demandé Renée les nerfs à la peau, mais Helga a détourné le regard. Et donc il est connu, ici, elle pourra retrouver la famille du père de son enfant. Helga lui a répondu quelque chose, et elle a compris *streng geheim* et *verboten*. Strictement confidentiel et interdit. Elle lui a dit ces choses, sans doute pour la calmer, car elle souriait gentiment, lui passait une pommade fraîche comme de l'eau, comme si elle avait soif, sur la peau de son visage gonflée et d'un rouge écarlate. Brûlée jusqu'au sang. Son visage a dégonflé un peu, mais la teinte ne pâlit pas. Son sang a infusé dans sa peau. Elle reste rouge comme sous le coup d'une vive émotion, d'une honte cuisante. D'une colère avalée qui lui sort par tous les pores.

Renée le sait, c'est la haine qui lui fait ça. Seul son enfant y échappe. Pas toujours. Même envers lui il lui arrive d'avoir des gestes brutaux. Parfois elle trouve que ce petit est le portrait craché de son père. Quand il pleure, il lui arrive de l'abandonner seul dans le lit à barreaux, « J'en peux plus de toi, plus, plus, plus ». Elle revient, regrette, le prend dans ses bras, « Pardon, pardon mon cœur, je ne t'abandonnerai plus jamais ». Il est si petit, si vulnérable.

Elle le serre contre elle, en regardant ces hommes envahir le Heim et plaisanter. Refluer vers la sortie, vers leurs chars, leurs tanks, leurs camions, leur guerre.

Helga

JOURNAL DE SCHWESTER HELGA

Heim Hochland, 3 mai 1945

Arrivée des Américains. C'est la fin de notre Heim. De l'Allemagne. Les Américains ont laissé derrière eux deux ou trois soldats et un docteur, qui a sauvé le docteur Ebner. Il fait un inventaire des infrastructures.

7 mai

Épuisée. J'écrirai demain.

8 mai

Demain.

9 mai

Demain demain demain.

12 mai

Près de dix jours sans écrire – Jours noirs – Rien à donner à manger aux enfants – Plus rien mangé moi-même depuis hier soir, une tasse de lait sucré avec du pain – Ravitaillement aléatoire, quelques villageois donnent aux religieuses, les Américains apportent des rations de nourriture militaires, principalement du lait en tube – Heim requalifié d'« hôpital pour enfants » – Hier nouvel arrivage, 20 petits, 3 à 6 mois, d'où ils viennent, personne ne sait, non accompagnés ! – Le chauffeur : un soldat américain qui n'a pas donné d'explications – Tous en pleurs, à macérer dans leurs langes souillés – Les avons changés et nourris de lait dilué, qui ne les a pas calmés.

Heim Hochland, 16 mai

Hier, le 15 mai, arrivée du docteur Kleinle, un médecin de la Wehrmacht, pédiatre – Soulagement !

Dans le couloir menant au bureau qui était celui de docteur Ebner, où s'est maintenant installé le docteur Kleinle, les *Schwestern* attendent, une quinzaine en tout, jeunes, inquiètes, silencieuses ou murmurant par petits groupes. La porte s'ouvre :

« Schwester Helga, *bitte.* »

Elle entre, avec un hochement de tête. Un homme épais, regard doux et sombre, il se frotte le front de l'index et du médius, un tic.

« Schwester Helga Lindenthal, vingt-deux ans. Vous travaillez ici depuis bientôt deux ans ?

— *Jawohl*, Herr Doktor.

— Et vous êtes la seule infirmière de formation.

— *Jawohl*, les *Blaue Schwestern*…

— Je sais, je sais. Je connais la situation. Vous, vous pouvez rester. Je vous en serais même reconnaissant. Car toutes les *Blaue* doivent partir, avec leurs enfants si elles en ont, sur ordre des Américains.

— Mais Herr Doktor, il y a plus de trois cents enfants ici ! Comment allons-nous faire ? » Elle pose sa main sur la bouche, comme si elle en avait trop dit.

« Avec l'aide des religieuses salésiennes, nous y arriverons. Il en viendra plus. Comme vous le savez, ça ne se passe pas bien ici entre elles et les *Blaue Schwestern*. »

Elle ne le sait que trop. Les *Blaue* et leur arrogance, même dans la défaite. Les salésiennes qui les considèrent comme des femmes de mauvaise vie, des filles-mères en uniforme. Le docteur reprend :

« Autre chose : je vous félicite pour les accouchements que vous avez supervisés seule les dernières semaines : sept en tout ?

— *Danke*, Doktor. Sept. Mais je n'ai aucun mérite. Comme disait le docteur Ebner, la qualité exceptionnelle des parturientes explique l'absence de complications. »

La lèvre inférieure du docteur se froisse. Il finit par dire :

« Peut-être, Schwester Helga. Peut-être. Vous pouvez disposer.

— Docteur. Nous avons nourri les bébés même les plus

jeunes de pommes de terre écrasées aujourd'hui, la plupart souffrent de coliques et… »

Il soupire, fatigué.

« Oui. Les Américains ont promis du lait, pour ce soir. »

Dans la salle commune transformée en *Kindergarten* pour les enfants âgés de plus de douze mois, les lits à barreaux sont disposés en longues rangées séparées par des couloirs permettant aux soignantes d'y accéder. Il y a plus de cent lits et deux sœurs, voiles noirs, cols blancs, grands crucifix, qui mesurent la température de petits soupçonnés de fièvre. C'est un jour de mai ensoleillé, mais les enfants ne sont pas encore sortis de leurs lits. Certains geignent. D'autres se balancent d'avant en arrière, cherchent à se tranquilliser. Un petit se cogne la tête contre les barreaux, de manière répétitive. Helga veut le prendre. Il se recule vers le fond du lit-cage, visiblement apeuré. La veille, elles s'étaient donné du mal pour les sortir tous et les installer dans le parc, première fois depuis une semaine. Ils s'étaient comportés comme de petits animaux, se déplaçant, pleurant, bougeant en groupe, comme une horde sauvage.

Trop peu de lait. Trop peu de bras. Trop peu de temps.

Renée

Cela fait plusieurs semaines qu'il se lève, qu'il marche. De petits pas, vieux. C'est l'homme squelettique qui l'avait bousculée ce jour d'été, qui lui avait fait battre le cœur de peur et de surprise. Et de pitié quand elle l'avait vu s'encourir, encore plus effrayé qu'elle. L'homme pour qui elle mettait de côté son pain au début de l'automne. Un Polonais, qui n'est pas reparti à Dachau avec les autres prisonniers du KZ.

Sa peau touche ses os. Manger lui fait mal. Il a faim mais il a un ventre dans lequel plus rien ne tient. Son corps n'arrive plus à fabriquer ni chair ni sang, et sa peau est un sac séché, un sac trop grand plein de petites choses dures, racornies, usées, la texture à l'œil rappelle la pelure d'un vieux fruit bruni à la lumière. L'homme semble en permanence ébloui. Il passe beaucoup de temps dans le parc, à l'arrière du Heim. Assis contre un des murets de grosses pierres bordant le talus, se réchauffant à la chaleur qu'elles accumulent en journée, le visage tourné vers le ciel, les yeux fermés. Aujourd'hui, il avait du matériel et une chaise haute de bébé, qu'il réparait à gestes lents.

Lui aussi l'a reconnue. Elle l'a vu la reconnaître. A serré son enfant un peu plus fort contre elle, l'homme a quelque chose d'effrayant. Il lui a souri. Combien de temps que plus personne ne lui avait souri. Elle a gardé son visage fermé. Alors il s'est levé, lentement, avec dans les gestes la fragilité des vieillards. Il a posé la main sur son cœur, et lui a dit pardon, en allemand, « *Verzeihen Sie mir* ». Elle a répondu en français, « Je ne suis pas allemande ». « Pardon », a-t-il dit alors. Pardon de l'avoir brusquée. Et il regarde fixement l'enfant, perdu dans ses pensées.

Elle le croise dans le parc, tous les jours. Il connaît un peu le français. Pas suffisamment pour beaucoup parler de lui-même, ni de sa vie d'avant, ni de celle d'après. Il a une femme, Wanda, et un enfant, un bébé qu'il n'a jamais vu. Il va les rejoindre dès qu'il sera sur pied. Voilà en substance ce qu'elle comprend. Un jour, il lui demande s'il peut prendre Arne. Elle hésite, car elle ne laisse personne toucher à son petit, puis cède. À le voir dans d'autres bras, elle se met à pleurer, sans même savoir pourquoi, elle qui ne pleure plus depuis longtemps. Elle qui vit crispée sur son enfant. Depuis des mois vit seule et sans mots, perdue dans une sauvagerie de gamine abandonnée. Elle reprend aussitôt Arne, le lui arrache presque, et s'enfuit. Mais les jours suivants, il le lui demande dès qu'il la voit, et parfois quand il le fait sauter sur ses genoux le petit se met à sourire et l'homme rit comme un gosse. Un beau rire, généreux, mais un sourire abîmé. Troué.

Elle le laisse prendre Arne, mais se tient à l'écart. À l'écart de tout et de tout le monde. Et aussi de cet homme qui lui inspire de la répulsion. Quelque chose dans son odeur, ses yeux, le grain de sa peau. Quelque chose de maladif dans l'aspect de son épiderme. Sa maigreur, son haleine. Son visage asymétrique. Il ressemble à la mort. Il ressemble aussi au souvenir de sa propre humanité. Au temps où elle gardait du pain pour un étranger qui l'avait bousculée. Elle n'éprouve envers lui aucune colère, alors que c'est sans doute la seule émotion qui la fait tenir debout. C'est aussi celle qu'exprime son visage ardent, la brûlure semblait superficielle mais n'a pas guéri, ne guérira pas, elle le sait, jamais le sang qui lui bat maintenant dans la peau ne retournera dans ses veines.

L'homme tient l'enfant sur son bras gauche, et de sa paume droite le couvre comme d'une couverture tiède, Renée regarde cette main abîmée, les cicatrices de gerçures, une main dont il ne reste que les os en cordes, les jointures un peu déformées, tordues par le travail et le froid de l'hiver dernier. Marek a ainsi la main posée, et d'une belle voix de ténor chante au petit une chanson en polonais. Le nom de Wanda y revient sans cesse, innombrable, infini, et le petit qui pleurait s'arrête net. Fronce et semble vouloir distinguer au-dessus de lui cette odeur et ce chant qui ne sont pas ceux de sa mère, il grimace un sourire ravi de bébé, et Marek le serre de près en marchant et en chantant. Sa voix résonne dans tout le Heim, grande et triste.

Arne maintenant sourit. De vrais sourires ? ou sourit-il seulement aux anges, comme tous les autres, à quelques semaines, sourient dans leur sommeil ou à la lumière ? Sourit en déployant de petits mouvements d'oiseau brusqué, étonné de tant de liberté, effrayé dès qu'il ne se sent plus ni serré ni tenu, alors Renée le presse contre elle et le regarde dans les yeux.

Elle ne peut pas rester, par ordre des Américains. D'ici la fin du mois de juin elle doit être partie, car les enfants du Heim eux-mêmes déménageront au couvent d'Indersdorf. Elle vit suspendue dans l'espace et le temps. Elle est étrangère partout. L'avenir un trou vertigineux.

Artur ne revient pas, de lui aucune nouvelle. Souvent Renée voit son visage dans celui d'Arne. Quand l'enfant se renfrogne, surtout, son expression rappelle celle de son père. Il lui ressemble tant que ça fait mal à Renée chaque fois qu'elle le regarde. Le manque est maintenant mêlé d'une rage qu'elle ne cherche pas à comprendre et qui touche tout ce qui l'entoure. Elle déteste son enfant de tant ressembler à Artur.

Une fois elle a demandé à Marek, où donc sont Wanda et l'enfant. Alors le visage de l'homme s'est serré, et elle y a lu l'angoisse et le malheur. Il a haussé les épaules et il n'y avait rien à dire, et Renée a regretté d'avoir posé une question dont la réponse était aussi évidente. Wanda et l'enfant sont là où se trouve Artur Feuerbach. Partout et nulle part. Morts et vivants. Espérés et perdus. Wanda et l'enfant sont là où se trouvent les parents de tous ces orphelins entassés sur des couvertures et des matelas et dans des berceaux trop peu nombreux. Des petits dont personne ne sait où et qui ils sont.

Un jour qu'Arne pleure beaucoup, Renée repousse l'enfant avec dureté et le laisse pleurer seul au milieu des autres nourrissons tout un après-midi.

Helga

Le bruit du bras qui tombe dans le seau métallique. Petit bras bleu, violacé. Helga pince les lèvres au spectacle du membre minuscule dans le baquet d'acier, les tout petits doigts repliés comme dans le sommeil. Elle passe les instruments au docteur Kleinle au fur et à mesure qu'il les demande. Sur la table d'accouchement, un garçonnet amputé jusqu'à l'épaule, trois ans, poupée de cire chloroformée. Le bambin fait partie d'un convoi d'enfants blessés, arrivés de Berlin la veille. Il en reste une demi-douzaine à soigner après lui.

Le soir, à la cuisine où travaillent désormais des villageoises de Steinhöring, elle vérifie les stocks disponibles pour les repas des enfants le lendemain. Prise d'un vertige, elle veut se servir un verre d'eau et le renverse. Sent se remplir ses yeux, crue soudaine. En écrase les coins de son pouce et son index gauches, en se détournant. Ils coulent quand même, elle s'essuie des doigts et de sa manche gauches. Se redresse. Détournée toujours, dit d'une voix neutre qu'elle ne voit pas où se trouvent les vingt kilos de pommes de terre censées leur rester. C'est une voix d'homme qui lui répond :

« *Fünfzig* kilos, cinquante ! Et cent litres de lait frais ! »

Elle se retourne, avec un regard sévère pour faire oublier ses yeux rougis. C'est le baron Otto von Feury, petite quarantaine, visage doux et rond, même ses épais sourcils noirs semblent sourire. Il porte un énorme sac de jute qui contient vraisemblablement des pommes de terre et, sur son épaule, deux volailles décapitées et déplumées, attachées aux pattes par une ficelle.

Depuis que les Américains ont envahi le Heim, il sillonne les campagnes en essayant de convaincre des paysans méfiants de céder du lait et des pommes de terre pour nourrir des orphelins suspects. Les paysans n'aimaient pas les mères, et ils ne pardonnent rien aux enfants. Le baron parvient, malgré tout, à les convaincre. Il ne revient jamais les mains vides. Les Américains lui ont laissé sa voiture et lui donnent même de l'essence.

Il pose le sac de jute par terre. Puis, d'un geste joyeux, jette les volailles sur l'égouttoir en acier de l'évier. Le bruit de la chair nue sur le métal. Helga a une grimace de douleur. La chair, le métal, le petit bras, le corps dépareillé de l'enfant, corps en pièces. Le corps de Jürgen, ouvert, amputé. Oiseaux décapités. Helga a les mains qui se remettent à trembler, au bout de ses doigts des ailes folles, son front et sa lèvre supérieure suintent, les lumières qui percent la pénombre de la cuisine deviennent éblouissantes. Elle s'éloigne, la bouche entrouverte, en titubant, les yeux paniqués. N'entend pas qu'on l'appelle, « Schwester Helga », n'entend plus rien. Se perd dans le couloir. S'engouffre dans une chambre désaffectée, c'était celle de Frau Geertrui et de Jürgen. Odeur de lait tourné, de poussière. De tombe.

JOURNAL DE SCHWESTER HELGA

Heim Hochland, 18 mai

Gott sei Dank, Dieu merci, il y a un homme qui nous aide à nourrir tous nos petits malheureux, un baron qui vit à quelques kilomètres de Steinhöring. Il aime les enfants, ça se voit, il me rappelle un peu notre Reichsführer, mais sans le côté militaire, sans les discours.

Sa mère est juive, une Ida von Irsch, une famille de banquiers bien sûr, mais convertis au catholicisme au XIXe *siècle. On dit qu'Ida von Irsch a été relocalisée à Theresienstadt, on ne sait si elle y est toujours, mais en tout cas le frère du baron – un homme âgé – y est mort. Le baron, lui, n'a pas été inquiété depuis le début de la guerre, il est resté dans son domaine de Thailing. Preuve qu'on laissait tranquilles les gens de qualité qui contribuaient au bien-être allemand, même les Mischlinge de premier degré. Preuve aussi que les rumeurs sur le sort réservé aux Mischlinge ne sont peut-être pas fondées, et pour moi c'est un soulagement, car je n'ai jamais été à l'aise en écoutant toutes ces histoires, jamais approuvé la manière dont, paraît-il, on traitait les gens, même des Juifs. Personne ne mérite ça. Ne suffit-il pas de leur faire quitter le pays, tout simplement? Les laisser vivre ailleurs, loin. Mais il y a certainement de l'exagération dans tout ce qu'on dit. Je prie même pour qu'il y en ait. De toute façon, qu'aurais-je pu faire ? Sinon soigner et guérir toujours. Je n'ai jamais suivi que mon devoir, soignant des filles-mères et toujours droite, m'occupant d'enfants illégitimes et toujours vierge.*

Heim Hochland, 23 mai

Dans les journaux, on dit sur nous des choses horribles. On ne trouve plus de presse allemande, mais le docteur Kleinle m'a prêté un magazine américain oublié par un soldat. On y parle de babyfactories, usines à bébés, de Nazi-bastards grown pig-fat, bâtards nazis engraissés comme des porcs ! Trop de bouillie d'avoine et de soleil et de soins ! Des enfants qui n'ont d'autre père et mère que le défunt État nazi, écrivent-ils. Et sur-nourris par des Nazi-nurses, des infirmières nazies. Les superbabies que Heinrich Himmler encourageait ses SS à produire en grand nombre. Mais ces pauvres petits, qu'ont-ils donc fait, sinon naître et pleurer, pour la plupart loin de leur mère, presque tous sans pères.

Rien n'est épargné. Tout ce qui était beau est devenu affreux. Tout ce que j'aimais, sali. Je suis noyée dans toute cette laideur. Laide. Moi qui étais fière et forte. Gott sei Dank, je n'ai pas le temps de me regarder dans le miroir. Ni de réfléchir.

An die Arbeit. Au travail.

Heim Hochland, 24 mai

Jürgen est mieux ainsi, mort d'une mort miséricordieuse, pauvre petit, pas fait pour la vie, mais la manière, l'arracher ainsi à sa mère, ne pas même rendre ses restes, son petit corps mort, sa poussière, la manière nein, je ne peux pas dire qu'elle ait été bonne.

Il n'y a pas d'un côté le bien, de l'autre le mal, il y a de longues glissades dont on ne se relève pas, et des passages quelquefois imperceptibles de l'un à l'autre. Quand on s'en rend compte, il est déjà trop tard.

Cette question m'obsède, revient sous des formes toujours nouvelles, comme si elle était infinie. Choisit-on le mal ou est-ce lui qui nous choisit ? J'étais bonne, mais pas du bon côté ?

Ne pensons-nous pas tous être du côté de la lumière ?

Aurais-je pu sauver Jürgen ? Comment, comment, comment, je n'aurais pas pu. Je n'aurais pas pu.

Heim Hochland, 25 mai

Arrivée d'une trentaine d'orphelins juifs, des enfants qui viennent des camps de travail. C'est ce que dit le docteur Kleinle. Un peu plus grands que ceux du Heim, entre quatre et dix ans. Ils nous aident à nous occuper des bébés. Parmi eux, un nouveau-né, un tout petit garçon, très maigre, la peau parcheminée, la peau vieillarde des bébés qui ont trop perdu de poids dans les premières semaines de vie. C'est une fillette de neuf ans qui le portait, elle ne sait rien sur lui, elle l'a trouvé enveloppé d'une couverture au fond de la camionnette qui les a transportés ici. Il ne pleurait pas. Il n'a pas de nom. Je l'appelle Kätzchen[1]*. Quand j'ai un peu de temps, c'est moi qui le nourris au biberon,*

1. Petit chat.

nous avançons centilitre par centilitre, car il a du mal à boire. Il me rappelle un peu Jürgen, sauf que ce petit-ci boit mal à cause de son estomac rétracté. Tous les nouveau-nés me rappellent Jürgen, même les plus gloutons. Tous ils se ressemblent. Encore un bébé sans nom et sans parents. Encore un qui ressemble à tous les autres et que personne jamais ne retrouvera.

Heim Hochland, 26 mai

Le Reichsführer s'est suicidé !

Avec la lâcheté de ces hommes auxquels il reprochait une attitude qui n'était pas « chevaleresque ». Où est-il donc, ce courage qu'il exigeait du peuple et des femmes que nous soignions ?

Du cahier, Helga sort l'enveloppe et le feuillet où, charmante Schwester de Grasberg, elle fait la meilleure impression. Sort de l'armoire qui était celle d'Adelheid le briquet oublié. Dans son évier, brûle le feuillet et l'enveloppe. Rien qu'une flamme qui grandit, le papier qui noircit se recroqueville rapetisse disparaît. Puis elle tient au-dessus du briquet le cahier tout entier. La flamme grandit tant que Helga prend peur. Montera-t-elle jusqu'au plafond, lèchera-t-elle les murs, brûlera-t-elle le Heim. Grande, grande, diminue. Fumée. Petit tas noir. Elle tousse. Ouvre le robinet. L'eau, l'eau claire sur l'émail blanc et les cendres deviennent boueuses. Ah ces cendres, toutes ces cendres, partout. Dans le parc il y en a même parmi les feuilles mortes de l'hiver dernier. Il reste des fragments de lettres et de fiches encore lisibles, des mots, des noms, des vies, des dates. Qu'il faut décoller de ses semelles. Sous l'eau, elle veut rincer les taches carbonisées, les étale sur l'émail, elle a des cendres collées aux doigts, elle a beau se frotter les mains, il en reste toujours. Elle s'essuie les doigts dans son tablier blanc, y laisse de larges traces grises.

« *Wir haben eine weisse Weste* », murmure-t-elle, étalant sur le coton amidonné la poussière et la boue des cendres et toute la saleté du monde.

Elle enlève le tablier, le jette dans un coin.

Se lave les mains, les ongles, la peau pour en arracher ce qui reste de noirceur. Des doigts se griffe de toutes ses forces le dos et la paume, irrite au sang une peau déjà fragilisée par le désinfectant et fissurée.

Renée

Marek Nowak tient dans ses bras Arne. Parle longuement à Renée, elle ne comprend pas ce qu'il dit, en réalité ne l'écoute même pas, à la fin elle l'entend juste lui souhaiter en français bonne chance et courage. Il caresse la tête du petit bonhomme, fait ensuite du gras du pouce un signe de croix sur son front, l'enfant essaie d'attraper sa main. Puis il le rend à sa mère. Un regard encore et il s'éloigne, le dos toujours voûté par ses maux de ventre. Il a la peau, les os, une démarche cassée. Renée les yeux secs repense au moment où Artur Feuerbach est parti, au bruit de la porte qui se ferme, aux pas dans l'escalier. À tout ce qui a suivi. Deux hommes différents, des circonstances qui n'ont rien à voir, et les moments se superposent pourtant dans une temporalité brouillée, saccagée, faite d'impressions vagues et de déjà-vu. Comme si tous les malheurs, tous les hommes, tous les abandons se ressemblaient et se perdaient dans une tristesse commune. Dans le même néant.

Ça fait quinze jours qu'elle le fréquente, quelques mois qu'elle a entrevu sa silhouette sans chair, ils n'ont pas échangé trois phrases complètes mais voilà que le départ de ce presque étranger, de cet homme dont l'odeur malade l'incommode, lui apparaît une trahison de plus. Le malheur et la solitude donnent aux contacts les plus fugaces une profondeur que le bonheur ne connaît pas. Et une importance qui rend leur disparition insupportable.

Elle est encore dehors, il a déjà disparu. Elle crache par terre. Une tache humide dans la poussière.

Ils ne reviennent jamais.

Elle rentre au Heim.

Dans la chambre qu'elle occupe désormais seule, elle sort de son tiroir un large ruban, une fine ceinture de cuir, qu'elle met dans la poche de sa robe. Une enveloppe, au dos de laquelle se trouve écrit : *À Arne, quand il aura douze ans.* Elle dépose l'enfant dans le berceau. Place la lettre à ses pieds. Le petit gazouille. Rit.

Une dernière caresse, de sa main le long de la tempe, la joue moelleuse de son enfant.

Dehors grand ciel bleu.

Un dernier regard.

Sort.

Dehors dehors dehors

ÉPILOGUE

Kloster Indersdorf, 23 novembre 1945

Cet homme. Revenu d'une autre vie. Helga fouille sa mémoire. Un homme à peine croisé, mais c'était un jour important, celui de l'arrivée des Américains. Un long moment, elle se perd dans ses souvenirs sans parvenir à le situer précisément.

Un Polonais du KZ. Caché dans le parc du Heim, quand les autres prisonniers ont été ramenés à Dachau. Il ne parvenait plus à manger, de ça elle se souvient. Tous mouraient de faim, enfants compris, et cet homme se vidait par tous les orifices du peu qu'on lui donnait. Squelettique et pourtant incapable de retenir dans sa chair quoi que ce soit. Honteuse, elle se rappelle avoir pensé, *Quel gâchis, quelle erreur de lui donner cette nourriture qui se perd, alors que les enfants manquent.* On l'avait installé sur un matelas, dans un des bureaux. Elle se rappelle lui avoir apporté des draps propres, puis l'avoir oublié. Avoir oublié ou n'avoir jamais su ce qu'il était devenu, ni quand il avait quitté le Heim.

N'avoir plus repensé à lui une seule fois. Il s'était perdu, au milieu de tous les extraordinaires, tous les visages de passage, tous les bouleversements de ces jours-là.

Marek. Marek, son prénom. Le nom elle ne sait plus.

Mais moins maigre et moins vieux. C'est pourquoi elle ne l'a pas reconnu tout de suite. Oui, il a rajeuni. Plus jeune et plus triste. Une tristesse qui lui mange le regard.

Elle le salue, l'appelle par son prénom, Marek, l'interroge sur les raisons de son retour ici. Il lui dit alors qu'il a perdu sa femme à Auschwitz, et aussi son bébé, qu'il n'a jamais vu. Voix mouillée. Demande si Renée, la jeune Française, est toujours là. Helga hésite.

« Frau Renée ne nous a pas suivis à Indersdorf.

— Elle est repartie en France, alors ? Je pensais qu'elle ne voulait jamais y retourner.

— Elle est partie. » Puis : « Elle est morte. »

Helga n'arrive pas à dire « Elle s'est tuée ». Se serre les yeux un instant.

Le corps léger de la très jeune femme pendue avec de la corde à linge à un chêne de l'autre côté de l'étang. Membres ballants, visage baissé.

Petit visage cyanosé, yeux injectés de sang, le vert de ses pupilles presque phosphorescent. Paupières ouvertes vers la terre. Des gouttelettes de sang sur les mains, projetées de ses narines. Et du sang séché qui avait coulé entre ses jambes sur ses chaussures. Et du sang sur l'herbe, mêlé de rosée.

C'est une des salésiennes qui l'a trouvée la première, elle

s'est mise à prier, à marmonner quelque chose sur une maison du péché et du diable.

Voyant pleurer Helga, Marek Nowak lui passe une main dans les cheveux, comme à une enfant. Parfois elle oublie qu'elle est jeune elle aussi, à peine plus vieille que Renée. Il ne pleure pas, lui, l'air ni plus ni moins triste qu'il ne l'était déjà. « J'aurais aimé la revoir », a-t-il juste dit, comme s'il s'agissait d'un rendez-vous manqué, rien de plus. Mais aussi, que pouvait bien lui être cette petite fille croisée quelques jours, deux solitudes au même endroit, au même instant. Pas grand-chose. Une solitude sœur qui, dans le désastre général, lui faisait à son tour défaut.

Il demande alors où est Arne. Elle lui fait signe de le suivre. Le petit Arne est dans la salle des nourrissons. Il y est parmi tant d'autres, qui se ressemblent tellement. Arne joue avec ses pieds. Il est joli, ses petits cheveux poussent roux comme ceux de Renée, et ses yeux sont pour le moment bleu clair avec une pointe brûlée. Quand Helga s'approche, il se met à pleurer, « *So so, still still* » lui dit-elle, « *Es ist alles gut mein Schatz* »[1]. Elle se tourne vers Marek :

« Beaucoup de nos enfants ont du retard, pour s'asseoir, pour se lever, pour marcher et, ensuite, pour parler. Nous n'avons pas beaucoup de temps pour les encourager. Comme Arne. C'était pourtant un bébé si vif et si joyeux quand Frau Renée était avec lui. »

Car Arne, qui avait réussi à se tourner tout seul plus

1. Tout doux, tout doux. Tout va bien mon chéri.

vite que les autres bébés, n'arrive toujours pas à s'asseoir. Pourtant Helga s'occupe de lui elle-même tous les jours un peu. Ou tous les deux jours. Tous les deux, trois jours. Il y a tant de travail et quelquefois quand elle arrive près de lui, il dort, alors elle ne le touche pas et le laisse dormir.

« Les bébés qui sont arrivés plus vieux s'en sortent souvent mieux. »

Dans ses bras, Arne s'arrête de pleurer. Marek lui caresse la joue et lui parle en polonais. Demande s'il peut le bercer. Et Helga lui répond que bien sûr. Les laisse et retourne à l'infirmerie.

Lorsqu'elle repasse dans la salle deux heures plus tard, Marek Nowak est toujours là. Assis sur une chaise, il tient l'enfant qui dort. Lui chante doucement une berceuse en polonais, et autour de lui des enfants pleurent que personne ne regarde, mais il semble ne pas les entendre. Il lève les yeux vers elle :

« Avez-vous des nouvelles de son père ? »

Elle rit chaudement.

« J'attends toujours qu'il en revienne un, de père de ces petits-là. Parfois l'une ou l'autre mère. Mais de père, je n'en ai jamais vu un seul venir réclamer son enfant. Même pas quand certaines femmes étaient toujours là. »

Helga se tait, puis ouvre la bouche, comme pour ajouter quelque chose. Ne dit plus rien. Pense à tous ces « parrains » qui juraient tant de choses en grande pompe pendant les Bénédictions du Nom. Disparus eux aussi. Marek caresse du pouce la joue d'Arne, qui s'est endormi :

« J'aimerais adopter celui-ci. Pas tout de suite. Il faut que je m'arrange. Mais je reviendrai le prendre. Est-ce que c'est possible ? »

Silence.

« Je vais voir ce qu'on peut faire. » Ajoute : « Je ne vois pas bien qui pourrait vous le refuser. » Silence. « Ces enfants. Personne n'en veut. »

Le fils, né dans une maternité nazie, d'une adolescente française suicidée et d'un officier de dix-huit ans parti sur le front, dont on reste sans nouvelles. L'homme caresse la tempe du petit, et elle le voit lui sourire, c'est la première fois, elle est certaine de ne pas encore l'avoir vu car c'est un sourire dont on se souvient, large et un peu tordu sur le côté droit, celui où sa joue se voûte. Elle dit :

« Frau Renée a laissé une lettre à son enfant. L'enveloppe n'était même pas fermée. C'est une lettre, difficile. Mais peut-être faudra-t-il la lui donner un jour. »

Helga se passe la main gauche sur le visage comme pour se le laver à sec : « Je vais vous la montrer. Dans mon bureau. »

Il prend l'enveloppe. Une petite écriture serrée, presque étranglée. Un pâté d'encre, comme ceux que font les enfants. Une empreinte digitale, l'index probablement. Marek a une grimace douloureuse :

« Cette écriture, elle fait un peu mal à voir, je ne sais pas pourquoi, vous ne trouvez pas ? »

Helga regarde, ne sent rien. C'est juste une écriture d'enfant peu soigneuse.

« Peut-être, mais elle aurait dû vivre pour Arne, et elle l'a abandonné. »

Mon fils,

Ton père s'appelle Artur Feuerbach, il est originaire de Berlin. De lui, il ne me reste rien. J'ai déchiré la seule lettre que j'aie reçue de lui, celle où il m'a envoyée vers une maternité SS en France. Sans me laisser aucune adresse personnelle, rien qui me permette un jour de le retrouver, lui ou ses parents, ou l'espoir d'un abri après la guerre, aucun possible chez-moi.

Tes grands-parents maternels sont originaires de Bretteville-sur-Odon et je porte leur nom, que je renie. Ils ne te recevront pas.

Tu es un orphelin de la guerre et de la haine. N'aie pitié de personne car personne n'a eu pitié de moi. Personne non plus n'aura pitié de toi. Venge-moi, mon fils.

Venge-moi de ton père qui a abusé de moi, son désespoir n'était pas une excuse suffisante. Il m'a abandonnée. Et t'a abandonné, toi aussi.

Venge-moi de ton père, de tous les hommes, venge-moi des Allemands et des Français. Venge-moi des femmes, surtout, n'en épargne aucune.

Venge-nous.

Ta mère, pour toujours

« Laissez-moi un peu de temps, Schwester. Gardez-le bien, cet enfant, gardez-le pour moi. Je reviendrai le chercher vite, et je conserverai cette lettre pour ses douze ans. » Un silence, il semble réfléchir. « Peut-être. » Un soupir. « Je vous laisse l'adresse de ma mère, pour les formalités, je n'ai plus de maison à moi. Enfin, si, la maison de ma mère est celle où j'ai grandi, elle reste un peu la mienne. Et je vivrai là, en attendant. Longtemps, sans doute. Ma mère a besoin de moi et elle m'aidera pour le petit, j'en suis sûre. Elle sera si heureuse. Elle a perdu mes deux jeunes frères, vous savez. » Il serre les lèvres. « Treblinka. »

Un silence.

Qu'il est beau. Il me fait penser à Renée, vous ne trouvez pas. Les yeux, incroyable, elle avait de ces yeux. Les cheveux. C'est elle, non ?

Marek sourit. Caresse la petite tête, sur le bras de Helga. Caresse une joue et l'enfant sourit aussi, cherche à retenir le poignet dans ses petites mains.

Oh, laissez-moi le prendre maintenant, Schwester Helga.

Je sens que je l'aime déjà.

BIBLIOGRAPHIE SÉLECTIVE

Archives d'Arolsen.

ANDLAUER, Anna, *The Rage to Live. The International D. P. Children's Center Kloster Indersdorf 1945-46*, Charleston, 2013.

BRYANT, Thomas, *Himmlers Kinder. Zur Geschichte der SS Organisation « Lebensborn e.V. » 1935-1945*, Wiesbaden, Marix Verlag, 2013.

HAARER, Johanna (Dr), *Die Deutsche Mutter und ihr erstes Kind*, Munich et Berlin, Lehmanns Verlag, 1941.

HILLEL, Marc, *Au nom de la race*, Paris, Fayard, 1975.

KARSKI, Jan, *Mon témoignage devant le monde. Histoire d'un État clandestin*, Paris, Robert Laffont, 2010.

Kinder für den Führer. Der Lebensborn in München, éd. Angelika Baumann et Andreas Heusler, Munich, Franz Schiermeier Verlag, 2013.

KOÖP, Volker, *Dem Führer ein Kind Schenken. Die SS-Organisation Lebensborn e. V.*, Cologne, Böhlau, 2007.

LESZCZYŃSKA, Stanisława, *A Midwife's Report from Auschwitz. Medical Review – Auschwitz*, 2018.

LILIENTHAL, Georg, *Der « Lebensborn e. V. » Ein Instrument nationalsozialistischer Rassenpolitik*, Francfort-sur-le-Main, Fischer, 2008.

SCHMITZ-KÖSTER, Dorothee, *« Deutsche Mutter, bist du bereit… » Der Lebensborn und seine Kinder*, Berlin, Aufbau, 2011.
THIOLAY, Boris, *Lebensborn. La Fabrique des enfants parfaits. Enquête sur ces Français nés dans les maternités SS*, Paris, Flammarion, 2012.
VON OELHAFEN, Ingrid et TATE, Tim, *Hitler's Forgotten Children. My Life inside the Lebensborn,* Londres, Elliott and Thompson Limited, 2015.

REMERCIEMENTS

Merci aux Éditions Gallimard et à Antoine Gallimard d'accueillir ce roman dans la mythique NRF. Merci aussi à Karina Hocine et à Charlotte von Essen qui ont accompagné sa publication. Stéfanie Delestré, éditrice de *Manger Bambi* à La Noire, a suivi de près son élaboration ; je lui en suis reconnaissante.

Je tiens, en particulier, à exprimer ma gratitude à Hervé Albertazzi : ses lectures sans complaisance, mais aussi son soutien sans faille, m'ont permis d'améliorer considérablement ce texte.

Pour leur lecture amicale, leur amitié, leur expertise dans la langue allemande, ou les trois à la fois, je remercie de tout cœur Daniel Grojnowski (mon lecteur depuis plus de vingt ans), Alain Berenboom, Laurent Liénart, Arnaud Hay, Manfred Peters, Frédéric Ronsse et Caroline Sintès. Enfin, je remercie pour ses remarques précieuses Christian Ingrao, spécialiste de l'histoire nazie.

Composition : Soft Office
Achevé d'imprimer
par CPI Firmin-Didot
à Mesnil-sur-l'Estrée, en février 2024
Dépôt légal : février 2024
Numéro d'imprimeur : 178692

ISBN : 978-2-07-303545-5/Imprimé en France

612912